深沢仁

ふたりの窓の外

In Only Four Seasons

Jin Fukazawa

東京創元社

contents

1 花を摘まない 5
2 流れる浮雲 65
3 雨は道連れ 131
4 最初に触れる雪 185

ふたりの窓の外

I

花を摘まない

四月、第三週の土曜日の午後、春休みはとっくに終わったはずだが、東京駅周辺はいつもどおり混み合っていた。

丸ノ内線の改札を出て、必死で手を繋《つな》ぎ合う家族連れや馬鹿でかいスーツケースを引きずる外国人観光客の間を抜けて地下道を歩きながら、俺は静かな高揚を覚える。それは、ポーカーで配られたカードをめくる瞬間の興奮に似ていた。腕時計を確かめると、待ち合わせの一時まではあと二分ある。だが、彼女はきっと、時間よりも早く到着するタイプだろう。

もちろん、もし来ているとすればの話だ。

地下中央口改札が見えてくる。彼女と会ったのは先々週が初めてで、そのときはお互い喪服を着ていた。服装やら化粧やら、まるで雰囲気が違っていたらわかるだろうかと心配になったのはほんの一瞬だ。

藤間紗奈《ふじまさな》はすぐに見つかった。

改札脇の柱に背を向け、しかし寄りかかることはせず、背筋をまっすぐ伸ばして立っている。緊張しているのは一目瞭然《りょうぜん》だった。肩のあたりまでの長さの黒髪を低い位置でひとつに結び、細いボーダーの入ったカットソーに生成色のパンツを合わせ、両手で紺色のボストンバッグを持っている。近づいてみても装飾品の類《たぐい》は見当たらず、地味で大人しそうという印象は変わらなかった。ただ、この人がもし本当に地味で大人しいだけの女性だったとしたら、今日ここに来てはいないはずだ。

俺は、来るはずがないとも、来るはずだとも思っていた。後者だと判明したいま、自分が自分に対する賭けに勝ったような気持ちになった。

「こんにちは」

待ち合わせ時刻になったというのにだれかを探す素振《そぶ》りも見せず、視線を前方斜め下あたりに固定してぼんやりしていた藤間さんは、俺が声をかけるとはっとして顔をあげた。そうだった、と俺は思い出す。この人は愛想笑いをしないのだ。ほぼ無表情で、ただし瞳《ひとみ》にだけ、ありありと驚きが浮かんでいた。ほとんど化粧をしていないのも前回と同じで、童顔というほどではないものの小柄なせいか、いまいち年齢不詳だった。おそらく二十代後半、三十歳にはなっていないと思う。

「……こんにちは」

小さな声で彼女は言った。俺が現れたことで、たぶんこの人は自身に対する賭けに負けたのだ。

「お待たせしました。これ、どうぞ」

俺は財布から新幹線のチケットを取り出した。藤間さんは右手で受け取り、なにか言いたげにこちらを見上げた。俺は気づかないふりをしてさっさと改札を抜ける。こういうときに大事なのは勢いなのだ。振り返ると、彼女はきちんとついてきていた。

「二十三番線ですね」

電子掲示板を見上げて俺は告げ、「持ちましょうか?」と言って彼女のボストンバッグを指さした。俺の荷物はすべてリュック一つに収まっていて身軽なのだ。藤間さんは首を横に振る。

「なにかスナックでも買いますか?」俺は続けて尋ね、彼女は再び首を横に振る。すべて見当違いの質問であることはわかっていた。藤間さんが求めているのはおそらく、「やっぱり中止にしましょうか」という提案だ。

「なら、行きましょう」

新幹線の乗り場に向かいながら、俺はときどき立ち止まり、藤間さんが追いつくのを待った。そういえばこの間、彼女は転んで両膝《りょうひざ》を擦《す》りむいたのだ。だが観察する限り、遅いのはケガの影響なんかではなく、藤間さんは単に人混みを歩くのが下手なようだった。ぶつかるのを避けるためか、他人に道を譲《ゆず》りがちなのだ。俺は俺で、目の前で転んだ外国人の子どもを手助けし、その子の親に礼を言われた流れで道を訊かれて数分のタイムロスを喰らった。藤間さんはその間、少し離れた場所で黙って待っていた。一瞬だけ視界の端で確認すると彼女はやはり無表情のままで、俺は内心それを面白がった。見られる用の表情を作らない人というのは、俺の周りにはあまりいない。

結局、ホームに着いたのは一時十五分だった。二十四分発なのでもう十分を切っており、すでに到着していた新幹線は清掃中のようだ。七号車乗り場に並んだ藤間さんは、いよいよ途方に暮れたようにこちらを見る。

「飲み物買ってきますけど、なにかいります?」

俺は訊き、彼女は首を横に振った。俺はひとりでキオスクに行って緑茶を買って戻る。極めて居心地悪そうに待っていた藤間さんを見て俺は微笑《ほほえ》んだ。成り行きでわけのわからない男と一泊旅行に出かける約束をしたことを、彼女は明らかに後悔していた。だが同時に藤間さんが、ここまで来てなんの断りもなく突然帰るなんて真似をする人間ではないことも、俺は確信していた。どうしてそんなふうに信用できるのかはわからない。会うのは今日が二回目で、前回だって、たかが三、四十分程度会話しただけだというのに。

「いい天気でよかったですね」

俺は言った。彼女はこちらを見たが、同意も否定もしなかった。清掃が終わり、俺は開いたドアからさっさと乗り込む。藤間さんは足取り重く、しかしほかにどうすることもできなくてついてくる。

「窓側と通路側、どちらがいいですか」

どちらでも大丈夫です、と答えた彼女の声は、聞き取るのが難しいほど小さかった。俺が窓側を譲ると、藤間さんは足元にバッグを置いて、座席にごく浅く腰かけた。緊張に触れることができたなら、いま左隣に手を伸ばせば何重にも張り巡らされていることが確認できただろう。俺はあまり気にしないようにして自分も座り、リュックから本を取り出して開いた。ブコウスキーの『くそったれ！少年時代』だ。いまの藤間さんと話が盛り上がる可能性は低そうだから、それなら読書でもしたほうがお互いのためにいいだろう。藤間さんにはまず、隣にいる男は特に害がある存在ではないようだと思ってもらわなければ困るし、本を読んでいる人間ほど無害なものはない。意識の大半は別世界に向いているのだから。

この間は、彼女はもう少し饒舌《じょうぜつ》だったんだけど。

場所は、火葬場の駐車場の隅にある、狭い喫煙所の中だった。

俺の親父と藤間さんの恋人は、同じ日のほぼ同じ時間帯に炉に入れられた。俺たちは彼らの火葬が終わるのを待っているときに出会ったのだ。ちょっとした非日常下で、いつもの自分ではなかった。あるいは逆に、いつもなら他人には見せない、あまりにも素の自分だったかもしれない。いずれにせよ、いまとは違う状況だった。


高崎駅まで五十分ほどの間、俺たちはほぼ話さなかった。

俺はひたすら読書に勤《いそ》しみ、ときどき視界の端ぎりぎりで、藤間さんの様子を窺《うかが》った。彼女は、上野駅を過ぎてようやく背もたれに寄りかかり、あとはずっと外の景色を見て過ごしたようだった。あまりにも静かだったから寝ているのかと思ったが、俺がお茶を飲もうとリュックに手を伸ばすとぱっとこちらに顔を向けたので違うとわかった。どうしましたか、の意を込めて俺が首を傾《かし》げると、彼女は首を横に振り、再び窓の外に向き直った。俺は読書に戻った。

藤間さんがそわそわし始めたのは、車内アナウンスが間もなく高崎駅に到着することを告げてからだった。本に没頭しているように見える俺が、きちんと乗り換えの駅が迫っているのを認識しているか、心配になってきたのだろう。俺はわかっていたのにもかかわらず、顔をあげなかった。キリが悪かったのと、彼女がどうするのか知りたかったからだ。

新幹線が速度を落とすと、藤間さんは自分のバッグを膝に載せた。俺はそれでも反応しなかった。彼女はとうとう決心し、短く息を吸った。

「鳴宮《なるみや》さん」

硬くて小さな声だった。他人に芸名ではなく本名を呼ばれるというのは、やはり奇妙な心地がした。俺はすぐに本を閉じて横を向き、はい、と返事をした。

「次で乗り換えです」

ひどく深刻な表情で告げられ、俺は思わず微笑んだ。そうですね、と返して本をリュックに突っ込み、立ち上がる。世の中には、ドアが開いた瞬間に列車から降りたい人間と、停まってから降りる準備をする人間がいるのだ。車輛の連結部で待機し、無事に新幹線を降りると、藤間さんはひとつの試練を終えたようにため息をついた。それからホームを見回し、やや心細そうな表情を浮かべる。

「ここ来るの初めてです?」

俺は訊いた。はい、というのが藤間さんの回答だった。俺もだ。かなり規模のでかそうな駅で、俺は地方のどうでもいいような土産物《みやげもの》を見るのが好きなので適当に店に入ってみたかったが、スマホのメモを確認し、真剣な顔つきで歩き出した藤間さんにその気はないようだった。

「腹減ってませんか?」

「大丈夫です」彼女はそう言ってから立ち止まった。「減ってるんですか?」

「いつも減ってるんです」俺は答える。「また三十分くらい電車に乗るんですよね?」

「そうです。終点で降りて、今度はバスに乗り換え、二十分ほどで旅館のはずです。予約したときは、到着は三時半に設定しました」

時刻は二時過ぎで、彼女の口ぶりは、あまり猶予《ゆうよ》はないのだと言いたげだった。世の中には、宿に告げた到着時刻どおりに着きたい人間と、そんなのは目安程度にしか考えない人間がいるのだ。

「もしかして夕食の時刻も決まってます？」

「六時です」

「じゃあ、とりあえず先に進みましょうか」

　俺が藤間さんのペースに乗ると、彼女は心なしかほっとしたように見えたが、普通列車に乗り込んで隣同士に座ったところで、またぴりぴりと緊張し始めた。なかなか気を許さない野良猫みたいだと俺は思い、今度は寝ることにした。腕と足を組んで俯《うつむ》く。本気で熟睡するほど疲れてはいないはずだが、そうなったとしても降りるのは終点だから寝過ごす心配はないし、困りはてた藤間さんが自分をどうやって起こすのか知りたい気もした。

　目を閉じたままなにか考えていたような、夢をみていたような、ひたすらぼんやりしていたような時間が過ぎた。

　藤間さんは、気配から察するに、おそらく新幹線を降りたときと似たような思考のプロセスを経て「鳴宮さん」と俺を呼んだ。新幹線と違って肘掛けがないから距離はさっきよりも近いのに、決して触れようとはしない。俺が目を開けたのとほぼ同時に彼女は立ち上がり、こちらを見下ろす。

「終点です」

　はあい。俺は欠伸《あくび》をして腰をあげた。眠そうな演技をしているな、と自覚しつつ。

　もっと寂れているかと思いきや、駅は広くて客の姿もそれなりにあった。俺は寝ぼけたような気分で藤間さんの後をついていく。改札を抜けると釜飯屋があり、いい匂いが漂っていてかなり心惹《ひ》かれたが、藤間さんはスマホでマップを見ながらすでにどんどん先に進んでいる。自分が予約した旅である以上、案内も自分がすべきだと思っているのかもしれない。時刻はちょうど三時。暑いくらいに晴れていて、すぐそこに聳《そび》える山の木々はすでに夏を迎えたかのような生命力に溢《あふ》れていた。古そうな木造住宅ばかりが目立つ駅前の通りを歩きながら、俺は薄手のパーカーを脱いで半袖のTシャツだけになる。思いきり息を吸い込むと、都心から遠く離れた場所でしか味わえない澄んだ空気の味がした。東京にいるときは忘れているのだが、東京を出た途端、東京なんて全然いい場所ではないことを思い出す。

あ、と小さな声がした。藤間さんが道の真ん中で不意に立ち止まり、こちらを振り向く。

「あの、もしかして、煙草我慢されてますか?」

「はい?」

「あそこからバスに乗ります」彼女は五十メートルほど先にあるバス停の看板を指さした。「次は三時十二分発で、あと十分あります」

煙草休憩を取るならいまだと言いたいらしかった。無言のうちにいろいろ考えて気を回すタイプだな、と俺は発見する。

「ああ、僕、普段は吸わないんです」

「――そうなんですか?」

「ずいぶん前にやめたので。この間は、煙草があれば外に出る口実になるから用意していただけで、今日は持ってきてすらいません、ご心配なく」

藤間さんは、三秒ほどかけてその情報を処理すると、わかりました、とつぶやいてバス停まで歩いていった。ほかに待っている客はいない。彼女は錆《さ》びたベンチに座り、膝の上にバッグを置いた。俺は少しスペースを空《あ》けて隣に腰をおろす。

「似てますね」

俺は言った。藤間さんは、どういう意味ですか、と言いたげにこちらを見た。この人はあまり喋《しゃべ》らないが、他人の話はとても真剣な顔で聞く。

「ほら、この間の喫煙所のベンチに。それで思い出したのかと思いました」

「ああ……」彼女は俯いた。「いえ、道に吸い殻が落ちていたから」

「そういえば、マサノリさんの苗字ってなんですか？」

藤間さんはぱっと顔をあげた。まるで俺が禁句でも口にしたかのように。だって、と俺は言い添える。

「その苗字で呼ばれるかもしれないいんですよね、僕」

「……渋井《しぶい》です」

シブイ・マサノリ。俺がつぶやくと、彼女は複雑な表情でこちらを見つめ、しかしなにも言わずに結局はまた俯いた。俺はチノパンのポケットに手を突っ込み、いまここに煙草があったら吸っていたかもしれない、と思う。

親父の葬式から、たった二週間しか経っていない。

俺は親父と不仲だった。原因は、会社の後継《あとつぎ》にするために金をかけて育ててきた俺が、米国留学から帰ってきた途端に役者を志《こころざ》し、親父の言い方を借りれば「まっとうな道から外れた」生き方を始めたせいだった。母親の懇願《こんがん》のおかげで勘当こそされなかったが、もう何年も口をきいていなかった。それは親族一同に知れ渡っており、葬儀の後、俺は叔父に「お前は悲しい顔のひとつもできないのか」と叱責《しっせき》された。それはもちろんできる、と俺は思った。曲がりなりにも役者なのだから表情なんていくらでも作れるし、泣けと言われれば泣けるし、号泣しながら棺に縋《すが》り付くことだってできるが、欠片《かけら》もそう思っていないのにそう振る舞うことのほうが、俺としては倫理に悖《もと》るように感じられた。

葬儀場から火葬場に移動し、親父の棺を炉に納めた後で待合室に通され、これから小一時間も親族連中とここで過ごすのは無理だと俺は判断した。普通の顔をして座っているだけで「親不孝もの」と罵《ののし》られそうな空気だったのだ。そういう事態になることをなんとなく予想していた俺は、小道具として準備していた煙草を片手に待合室を抜け出し、屋外の駐車場の隅にある喫煙所まで歩いていった。

空は今日と同じくらいに晴れていた。通り沿いに桜並木があり、満開を過ぎていたとはいえ、風が吹くたびにちらちらと花が散って綺麗だった。

これは親父の勝ち逃げではないと、駐車場を横切りながら俺は思った。親父の夢は、いつか俺が役者の仕事では食っていけないと認め、鳴宮の会社で働かせてくださいと頭を下げてくるのを、それ見たことかと嘲笑《ちょうしょう》して追い返すことだった。俺の夢は――、もはやなにもないが、あえて言えば親父のその夢を決して叶えないことで、芸能事務所に所属できたはいいもののいつまで経っても仕事が増えず、三十歳を過ぎてからはむしろ減っていくばかりだというのに細々と続けて、半ば親父への反抗心で役者を名乗っていた。

だから悲しくはなかったが、喪失感はあった。どちらも負けたまま、ただ片方が死んだのだ。

たとえこれから奇跡が起こって俺が役者として大成したところで、親父の鼻を明かすことにはならない。もう死んでるんだから。

　そんなことを考えながらパーテーションに囲まれた喫煙所に入り、藤間さんを見つけた。

　喫煙所は、せいぜい三畳分ほどの広さだった。真ん中に灰皿があり、ふたつの青いベンチがL字形に置かれていた。とはいえ、藤間さんは煙草を吸っていたわけではない。まず目に入ったのは、こちらを見上げた彼女の驚いた顔と、黒のストッキングが破れて血だらけになった両膝だった。高いパーテーションのせいで喫煙所から桜は見えなかったが、たいして清掃されていなかったんだろう、地面には風に運ばれてくる花びらが溜まっていた。喪服の女性、赤い血、薄紅色の桜という組み合わせは、奇妙に印象的な光景として、いまでも俺の頭の中に残っている。

　訊けば車止めに躓《つまず》いて転んだのだという。彼女は泣いていたが、俺を見るとすぐに泣き止み、「気になさらないでください」と取《と》り繕《つくろ》ったような落ち着いた口調で囁《ささや》いた。そのうち出ていきますから、どうぞ煙草を……。

　俺は一旦火葬場の建物まで戻り、受付で救急箱を借りた。売店で新しいストッキングと水も買い、喫煙所に行って藤間さんに渡すと、彼女は恐縮して礼を言った。そんなところから会話は始まった。

　火葬場で出くわす人間に共通しているのは、似たようなタイミングで近しい人物が死んでいる、という点である。

　さらに侘《わび》しい喫煙所にまで行き着いた俺と藤間さんは、ほかの人たちと待合室にいるのが苦痛というところまで同じだった。俺たちはふたつのベンチにそれぞれ座って顔を見合わせ、互いの利害の一致を、ほとんど本能的に察した。待合室にいるよりは、ここでこの人と一緒にいるほうがまだマシかもしれない。なにを話したとしても問題にはならない。どうせ、ここを出れば二度と会うことはないのだから。

あのとき、自分たちはある意味でハイになっていたのだと思う。

少なくとも俺はそうだった。そうでなければ、なぜ初対面の女性にあそこまでぺらぺらとプライベートなことを話したのか理解できない。藤間さんもよく喋った。彼女の場合は、俺にというよりも自分に対して、事態を整理する必要があったのだと思う。なにせ彼女は、相手方の親族から婚約者扱いされ、火葬場にまで連れてこられるほどの仲だった恋人の葬儀で、男の浮気相手と対面した直後だったのだ。それでも彼女は冷静だった。というか、どうにか冷静になろうと努めているように見えた。俺は興味本位で、ひたすら無責任に彼女から話を聞き出し、その過程で藤間さんは、近々恋人と行くはずだった旅行の予定について口を滑らせたのだ――。

「ちょうど三時半くらいに着きそうですね」

緩《ゆる》やかな坂道をのぼってくるバスを見て俺は言った。散歩中の柴犬を見つめていた藤間さんがすっと立ち上がり、でも、とつぶやいてこちらに視線を移す。

「バス停からも少し歩くみたいです。十分もかからないはずですが」

「別に少しくらい到着時間を過ぎたってなにも言われませんよ。夕食に遅れることになったら連絡を入れたほうが親切でしょうけど」

バスに乗り込むと、乗客は老人ばかり三人だった。俺はがらがらの車内を藤間さんについていき、一番後ろの席に並んで座った。窓の外に視線を向け、地方に来たなあとつくづく感じる。高いビルもコンビニも皆無《かいむ》で、古くてでかい一軒家と植物だらけの広い庭が続き、通行人も全然見当たらない。俺には田舎に住んでいる親族がおらず、国内旅行をするとしても観光地ばかりなので、こんなふうにのんびりした町並みには、フィクションの世界に抱くような憧れがあった。実際にシブイ・マサノリ、つまりは藤間さんの死んだ恋人の祖母の家がこの近所にあり、マサノリは藤間さんを自分の祖母に会わせようとして、この旅を思いついたのだという。それが叶う直前に男は事故死し、藤間さんは、ここで会うはずだった男の祖母とは、葬儀で初めて対面したそうだ。

　隣を見る。藤間さんは、反対側の窓から外を見ていた。住宅街を抜けたバスは、線路と山の間の道をゆるゆる走っている。彼女の緊張は、旅館に入ったらますますひどくなるのだろうと、俺は思った。

「渋井様、藤間様、お待ちしておりました」

旅館に到着した俺たちは、仲居さんににこやかに出迎えられ、部屋に案内された。藤間さんと二人きりになった俺は、ひさしぶりにサラのことを思い出した。

　俺は人生で二度、米国に留学したことがある。一度目は親父に強制され、中三から大学を卒業するまでをロスで過ごした。二度目は自分の意志で、帰国後すぐに金を貯め始め、自費でこれまたロスにある、演劇学校に二年通った。

　二度目のときはとにかく金がなかったので、三人でアパートの一室をシェアして暮らした。アダムとパトリック、加えてアダムにはサラという名前のガールフレンドがいて、部屋には彼女や彼女の友達も頻繁《ひんぱん》に出入りした。その上、犬もときどき現れた。サラの知り合いにアニマル・レスキューのボランティアをしている人がいて、サラもときどき彼女を手伝い、犬の仮の宿が足りなくなると、なぜか俺たちのアパートにその哀れな犬を運び込んできていたのだ。「ショウは動物に好かれるでしょ、私にはわかるわ」とサラに言われたことがある。アダムの騒々しさは傷ついた動物向きではないし、綺麗好きのパトリックは、家に入れるのはかまわないが関わるのは無理だと正直に言った。いま思えば、俺は体《てい》よく世話を押し付けられていただけかもしれない。

藤間さんの俺に対する警戒は、サラの連れてきた犬たちが俺に向けてきたものとよく似ていた。彼女は部屋の隅にボストンバッグを置くと、そのまま座椅子ではなく畳《たたみ》の上に直接ぺたりと座り込み、世界はすべて自分の敵だと言わんばかりに、じっと身を硬くした。旅館はリニューアルオープン直後だそうで、室内の家具も小物も、たしかにぴかぴかだった。「綺麗ですね」と俺はつぶやいたが、内心では、なにもかも新しすぎていまいち寛《くつろ》げないと感じていた。藤間さんからの反応はなかった。

新しい畳の、若くて爽やかな香りが部屋に充満している。

俺はひとまず広縁《ひろえん》にリュックをおろした。まるで逃げ道を確保するように部屋の入り口近くに陣取る藤間さんからは、そこが一番遠い場所だったからだ。まあ、当然だろう。これまでは、少なくとも人目があった。だけどここは密室だ。会うのが二回目の男と通されて、そこで一夜を共にすることが現実味を帯びてきたら、やっぱり危険かもしれないと警戒し始めるのは正常な感覚だと思う。俺自身、女友達から、そこらへんで会った男と一泊旅行をすることになったけどなにもしないって言われているから大丈夫、なんて話をされたとしたら、なにを馬鹿なことを言ってるんだと止めるだろう。

――動物は、信頼していない相手が向けてくる親切の受け止め方を知らないから、むやみに行動を起こさないこと。主人にも、神様にもならなくていい。まずは無害だと理解してもらって、信頼を得るのはそれからよ。

俺はサラの助言を思い起こし、従うことにした。

藤間さんのことは放っておき、冷蔵庫の脇に見つけたカプセル式のコーヒーマシンでコーヒーを淹れた。洗面台で手を洗ったり水を汲んだりする間もずっと藤間さんの視線を感じたが、目は合わせないようにした。俺は広縁のテーブルでゆったりとコーヒーを飲み、ぼんやりと外の景色を眺めた。三階の窓からは旅館の駐車場と、その奥にある山が見えるだけだが、多少のんびりした気分にはなった。それからやはり本を開いた。

十五分くらいは読んでいたと思う。

だが、見なくてもわかるくらいに警戒し続ける藤間さんのことが、俺はとうとう面白くなってしまった。本を閉じて立ち上がると、彼女はびくりとしてこちらを見上げた。

「僕、やっぱり帰りましょうか」

俺は言った。え、と彼女はかすかに声を漏らした。「あまり怯《おび》えさせても申し訳ないので」俺はそう付け足し、リュックを肩にかける。藤間さんからなるべく遠いところを通るようにして部屋を横断し、靴に足を――。

「待ってください」

彼女が言った。

俺が振り返ると、よろよろと立ち上がった藤間さんは、心底困ったように「違います」とつぶやいた。俺は無言で見つめ返す。彼女は唇を噛《か》んだ。

「帰らなくていいです」

よかった、と俺は思った。帰りたくはなかった。自分でも不可解なことに、俺はこの状況を楽しんでいた。もっと言えば、なにか楽しいことが起こる予感、みたいなものを感じていた。

「そうですね」俺は彼女と向き合う。「夕飯を食べてからまた考えましょうか」

藤間さんは小さく頷《うなず》き、わずかながらほっとした顔をした、ように俺には思えた。広縁に戻り、俺は飲みかけのコーヒーを見下ろす。

「藤間さんもなにか飲みますか」

「あ……」彼女は立ったまま答えた。「自分でやります」

俺はさっきまで座っていた椅子にまた腰をおろし、読書を再開した。藤間さんは静かに近づいてきて、自分でマシンを操作し、カップを持って座椅子に移動した。保護犬に喩《たと》えれば、部屋の匂いを嗅ぎ回り始めたところだろうかと頭の隅で考えた。それからもときどき視線は感じたものの、目を合わせないようにしていたら、やがてなくなった。俺はとうとう本に集中することに成功し、それにしても静かだなと思ってふと顔をあげ、藤間さんが寝ていることに気づいた。座椅子に座ったまま、左腕に頭を乗せ、右手にはスマホを持っているものの画面は伏せられており、こちらから顔は見えなかったが、規則正しく呼吸をしていた。安心した——、というほどのことではなく、きっと緊張の糸がばらばらになったのだろう。俺は初めてゆっくりと部屋を見回し、しんとした空気の中で、自分が見知らぬ町の旅館に、よく知らない女性と一緒に泊まろうとしていることを、いまさらながら不思議に思った。

それから夕食まで、広縁を離れたのは一度だけだ。トイレに行くために立ち上がり、部屋の入り口脇にあるトイレまで、できるだけ音を立てずに移動した。広縁に戻るとき、藤間さんを起こさずに済んだかどうか、そっと様子を窺った。

藤間さんは眠ったまま、静かに涙を流していた。


俺は本を読み終えてしまった。

いつも本を持ち歩いているとはいえ、移動の合間に細切れに読むばかりなので、こんなふうに集中して読書をしたのは、ずいぶんひさしぶりだった。腕時計を見ると五時半で、窓の外はすっかり夕方の空気になっている。藤間さんはまだ眠っている。俺は冷たくなったコーヒーを飲み干し、椅子の上で姿勢を崩してしばし心地よい疲労感に浸った。横目で藤間さんの後頭部を見やる。身動きひとつせず、泣くときすら静かで、ひっそりとした空気を纏《まと》っている存在。俺はそれにつられて、途中でスマホに気を取られるようなこともなく、ただ本だけを読み続けることができた。

ここに来ていなかったら、いまごろは働いていただろう。もちろん役者の仕事ではなくアルバイトだ。親父は俺がいつか金に困ると言い続けていたが、その予言はいまのところ当たっていない。自分ひとりを養うくらいの金なら問題なく稼げている。なんなら、面白半分でいろんな職種を渡り歩いてきたせいで経験ありの業界が異様に多くなり、もはや便利屋のようになっている。バイリンガルなので簡単な通訳や翻訳ならできるし、オフィスワークも英語ができると時給の高いものが見つかりやすい。飲食店のオーナーをやっている知り合いの一人は、外国人のＶＩＰが来るときだけ俺を給仕に雇うくらいだ。

ただしそこで働いているのは、鳴宮庄吾《しょうご》ではなく塔野《とうの》壮平《そうへい》だ。

なぜなら、どれも事務所に入ったあとのコネでもらった仕事だからだ。芸能界には、芸能以外の仕事をしている人がいくらでもいる。たとえば飲食店を経営していれば働き手は必要だし、経営者は経営者同士で集まるので、一度その中で使えると判断され、こちらも選《え》り好みしなければ仕事が絶えることはない。ホールでもキッチンでも、バーテンダーでも黒服でも運転手でも事務でも、俺は頼まれればしてきたし、どれを任されようと回せる。おかげで俺は三十六歳にもなって、なにをしているのかだれもわからないのになぜか悠々と生きている、親父や姉のもっとも嫌悪する類の人物になった。

日常的にやり取りをしている人間は、みんな俺を、壮平としか呼ばない。本名なんて知らず、芸名の苗字すら、知っているか怪しい。火葬場で、藤間さんに対して鳴宮庄吾と名乗ったとき、初対面の相手に本名を告げたのがあまりにもひさしぶりであることに、俺は自分で驚いた。別に壮平でいるときと庄吾でいるときとでなにかを大きく変えているわけではないはずなのだが、それでも。

藤間さんといるときの自分は、鳴宮庄吾なのだと思う。

俺は立ち上がり、冷蔵庫の上に置いてあったミネラルウォーターを開けて飲んだ。広縁を離れて、旅館が用意してくれている座卓の菓子を食う。それでも藤間さんは起きなかった。俺は彼女の顔を確かめ、もう泣いていないことを知って安堵《あんど》する。そんなに眠いなら寝かせておいてやりたかったが、あと十五分で夕食のはずだ。

「藤間さん」

座卓の向かい側から名前を呼んだ。ん、と彼女はかすかな声を漏らしたが起きなかった。俺は彼女の、ゴムの取れかけた黒髪を眺め、これが保護犬だったら、そっと頭を撫でるところだと思った。

「藤間さん」

もう少し声を大きくすると、彼女はびくりとして顔をあげた。頬にしっかりと洋服の跡がついている。寝起きの混乱した目がこちらに向けられた。

「ここ、どこですか」

「知りません」俺は微笑む。「どこか遠いところです」

本当に遠い。中野坂上のマンションで目を覚まし、知り合いからの「急だけど今夜ホール入れる？」という頼みを断り、東京駅から新幹線に乗ったのが今日の昼すぎのことだとは、とても信じられなかった。自宅とこの部屋が、同じ世界線の上に存在していることが実感できない。

藤間さんはあまり寝起きがよくないようで、記憶を呼び起こすのにさらに数秒かけた。

「……なるみやさん？」

確かめるように彼女が言う。そうです、と俺は答えた。

「あと十分くらいで夕食が運ばれてくると思いますよ」

「そんなに寝てたんですか」

藤間さんは呆然とつぶやくと立ち上がった。俺は広縁の椅子に戻る。少ししてバスルームから出てきた彼女は、髪を結び直してはいたが、頬には跡が残ったままだった。気恥ずかしそうな、不本意そうな顔をこちらに向けてくる。

「すみません」

「なんでですか?」俺は返す。「休みの日なんだから、好きなように過ごせばいいでしょう。僕も本を一冊読み終えたところです」

藤間さんはどう反応していいものかわからないようだった。失礼いたします、という声が、折よく廊下から聞こえてきた。


温泉旅館だから、俺は漠然と和食を期待していた。だが、運ばれてきたのは創作フレンチのコースだった。和室にコーヒーマシンを置くセンスの旅館だからそう驚くほどのことでもないかもしれない。俺は配膳をする仲居さんに、美味《おい》しそうですねとか、これはなんですかとか、愛想よく話しかけた。じっと黙っている藤間さんと俺の間には打ち解けた空気が皆無なので、同じ部屋に泊まる男女として怪しまれないよう、せめて外部の心証をよくしようと思ったのだ。

空気が変わったのは、座卓にはいまいち不似合いに思われるカトラリーやナプキンが配置され、前菜とスープの皿が並べられた後、仲居さんがどこか意味ありげな微笑を浮かべて「アニバーサリープランで承《うけたまわ》っておりますので、シャンパンのご用意がございます」と口にした瞬間だった。たしかにシャンパングラスはすでに置かれていて、俺はどういうコースなのか知らないので、食前酒が出るんだろうくらいにしか思っていなかった。だが藤間さんは、眉を寄せ、不審がるように仲居さんを見た。仲居さんは微笑を崩さずにこちらを見た。廊下から、よく冷えているに違いないシャンパンを手に現れた別の仲居さんも、同じように俺を見た。俺は、突然舞台に立たされて頭の中は真っ白だが、目の前の観客のためにとにかくなにかを言わなければいけなくなった役者がよくやるように、とりあえずその場の空気に合わせた笑みを浮かべた。藤間さんを見つめて言う。

「――たまにはこういうのもいいかと思って」

　舞台だろうと接客だろうと、本番中に動揺してはいけないのだ。ハッタリでもいいから、自信満々に振る舞うのが秘訣である。俺は自分の台詞《せりふ》が、少なくとも仲居さんたちにとっては正解だったらしいと察した。止まっていた空気が動き出し、彼女たちは「素敵な彼氏さんですね」的な微笑を崩さずにシャンパンを注いだ。藤間さんが嬉《うれ》しそうとは言いがたい表情を浮かべて固まっているのを認めると、フォローするような笑みに切り替えて俺に視線を送り、「失礼いたします」と言い残して出ていった。

「乾杯します？」

　仲居さんたちがいなくなってから俺は訊いた。藤間さんが混乱した表情で俺を見る。

「アニバーサリープランってなんですか？」

「いや、俺もわかりませんけど。マサノリさんが頼んだんじゃないですか」

「いつ？」

「それは普通に考えて、生きているときでしょうね」

　こちらのジョークは受けなかった。俺はグラスを持ち上げ、シャンパンを飲み干した。普通に美味《うま》い。藤間さんと目が合ったので付け加える。

「この間話したとき、旅館の予約は藤間さんがしたと言っていましたよね。たぶんあなたの恋人は、その後こっそりと旅館に連絡して、サプライズでなにかロマンティックなプランに変更したんだろうと思います」

「知りませんでした。……え？　鳴宮さんはご存じだったんですか？」

「知るわけないでしょう。さっきのはアドリブです」

アドリブ、と藤間さんはつぶやく。「あの一瞬で？」

「あの状況で思いつくのは、あれくらいしかないと思います。召し上がったらいかがですか」

藤間さんはのろのろとグラスに手を伸ばし、半分ほど飲んだ。この人はどれくらいお酒が飲めるんだろうかと俺は思った。さらにしばらく時間をかけ、彼女はどうにか現状を受け入れたらしい。

「こういうことは……、しない人だと思ってました」

「いままでされたことはなかったんですか？」

藤間さんが頷く。浮気相手の女がこういうのを喜ぶタイプだったのではないかと俺は下世話な想像をした。よその女での成功体験が別の女にも通用すると考える馬鹿な男は、世の中に確実にいる。

「シャンパンだけなんですかね。まだほかにあるなら、知っておいたほうがいいかもしれません。旅館側の認識としては、頼んだのは僕なんだろうから」

藤間さんははっとすると、スマホを取り出して調べ始めた。これかな、とつぶやいて読み上げる。

「最後にメッセージの入ったプチホールケーキがつくみたいです。その他は応相談とありますけど……」

「メッセージって？」

サーモンとホタテのテリーヌを食いながら俺は言った。わかりません、と藤間さんが暗い表情でつぶやく。俺は不謹慎ながら面白くなってきた。ここにいるのがマサノリで、たとえ浮気が露見していなかったとしても、藤間さんはこの手の演出は好まないタイプなんじゃないか。

「わかりやすいのは誕生日とか、あとは記念日とか？　アニバーサリープランだし」

「誕生日はまだ先です。記念日……」彼女は数秒考え込んだ。「違うと思います。付き合い始めた日付までは、いまちょっと思い出せませんが、それは彼も同じだったはずです。そんなの一度も祝ったことないですし」

「プロポーズは？」

藤間さんは目を見開いてこちらを見た。

「浮気しながらプロポーズする人なんて、いるんですか？」

口調からして、それは皮肉でも批判でもなく、純粋な疑問だった。この人はそうなのだ。火葬場で話したときも思ったが、藤間さんは他人を責めない。否定もしない。

「もちろん人によると思いますが、いますよ、普通に」俺は答える。

「それって、プロポーズが成功したら、結婚するんですか？」

「知り合いに、プロポーズされて結婚して三ヶ月で男の不倫に気づき、よくよく調べてみたところ付き合っていた頃からずっと浮気されていたことがわかり、弁護士雇って浮気相手の女にも慰謝料請求して、一年ちかくかけて離婚した女性がいます」

藤間さんはまたしばらく考え込んだ。ぽんぽんと言葉を返してこないのも彼女の特徴だった。自分できちんと理解できるまで時間をかけるのだ。そんなになんでも真面目に受け止めていたら疲れるだろうと思うのと同時に、俺はその誠実さに感銘を受ける。

「それって、そのお知り合いと結婚した男の人は、なにがしたかったんでしょう?」

「なにもしたくなかったんでしょうね」

藤間さんはじっとこちらを見た。俺は肩を竦《すく》める。

「どちらの女とも別れたくなかっただけじゃないですか。そのうちどうにかなるだろうって、深く考えないまま進めただけだと思いますよ」ろくでもない男の話をしていると自身がダメージを喰らうのはなぜだろうと考えながら、俺はヴィシソワーズに手をつける。「あの、そのうちメインが運ばれてくるはずですから、食べたほうがいいんじゃないですか」

彼女はようやく料理に手をつけた。俺はサラダもテリーヌもラペも、「いつでも焼き立てを追加します」と説明されたバゲットも早々に片付けてしまった。空腹だったのだ。追加料金が発生するドリンクのメニューを眺めていたら、「違うと思います」と藤間さんが不意に言った。食べながらも考えていたらしい。

「プロポーズはないと思います。だって、明日は本来なら、彼のお祖母《ばあ》さまに会う予定だったんですよ。それが旅の目的だったんですから」

「おばあちゃんに、お嫁さんになる人だよって紹介したかったのかも」

「でも、会ったこともないお祖母さまの家に泊めていただくのは心苦しいから、旅館に泊まろうって提案したのは私です。さすがに自分のおばあちゃんの家でプロポーズをする人なんていないでしょう？」

　旅館に泊まることになった後でプロポーズを企画し、プランを変更したとしてもおかしくはないだろう。でも、俺は別のことを口にした。

「受けてました？」

「え？」

「もしここでプロポーズされていたら、イエスって返してました？」

　藤間さんは目を見開いて数秒考えたが、「はい、たぶん」と小さな声で答えた。たぶんがつくんだなと俺は思った。

「いっそ旅館の人に直接言ってきましょうか」

「なにをですか？」

「サプライズとかもういらないんで、普通に運んできてくださいって」

「そんなことできるんですか？」

「できると思いますよ」

　立ち上がった俺に、でも、と藤間さんが言《い》い募《つの》る。

「はず、恥ずかしくないですか？　鳴宮さんはなにも関係ないのに……」

　俺は彼女を見下ろした。

「さっきシャンパンが運ばれてきたときのあなたの反応で、僕はすでに旅館から、サプライズに失敗した彼氏として認定されていると思います」

　すみません、と蚊の鳴くような声でつぶやいて藤間さんは俯いた。俺は笑ってしまう。

「僕は別になんとも思っていません。その代わりと言ってはなんですけど、ついでにワインを一本頼んできてもいいですか？　酔っ払わないと約束しますし、プラス分は僕が払うので」

藤間さんが「いえ、それなら私が……」と言いかける。予想どおりの発言だったので、俺はすかさず付け足した。

「なら、これも割り勘で。赤か白、どっちがいいですか」

藤間さんはこちらを見上げ、「よければ白で」と答えた。

オーケイ、と返して、俺は部屋を出る。ほかの客室にも食事を運んでいたのだろう、さっきの仲居さんがちょうど廊下にいたので、俺は近づいていった。

「アニバーサリープランって、あとはケーキだけですよね」

小声で確かめる。仲居さんは、はいそうです、と頷いた。

「彼女、そういうの苦手だったみたいなので、ただのデザートくらいの感じで持ってきてもらってもいいですか」

俺の希望的な観測かもしれないが、女性の表情は、「賢明な判断」として肯定的に受け止めてくれたように見えた。

「――かしこまりました。メッセージプレートはそのままおつけしてもよろしいでしょうか？　電話で伺っていましたとおり、『いつもありがとう』と書いたチョコレートをおつけしています。いまからでも外すことはできますが、真ん中が少し寂しい感じになるかもしれません」

「ああ……、じゃあ、プレートはそのままで」

「花火は……？」

「花火」俺は一呼吸の間にまた頭をフル回転させた。「ケーキに刺すやつですよね？」

「はい」

「ナシで」

「ろうそくに替えることもできますが」

そうなると今度は吹き消さなければいけなくなる。

「火をつける系はなにもいりません」

「あと、記念のお写真は……」

俺は笑いそうになり、右手で一瞬口元を押さえた。俺の隣でカメラを向けられ、引きつった表情を浮かべる藤間さんが、容易に想像できたのだ。

「ナシで。ケーキだけで大丈夫です。もちろん、料金はそのままでかまわないので」

ここで仲居さんの目は明確に、俺を良客と判断した。接客業に就く人間の気持ちなら、俺は嫌というほど知っている。

「それと、白ワイン一本、五千円いかないくらいので入れていただけますか。バゲットも追加でお願いします」

かしこまりました、と女性はにっこりして頷いた。俺も笑みを返して部屋に戻る。藤間さんと顔を合わせて開口一番、「プロポーズじゃありませんでした」と俺は言った。彼女はまばたきをする。

「わかったんですか？」

「メッセージは、いつもありがとう、だったそうです。ケーキは花火つき、記念写真もあったようでしたが、ぜんぶ取りやめにしました。先に言っておいてよかったです」

ばちばちと火花を散らすケーキが突然運ばれてきたら、俺はきっと爆笑していただろう。藤間さんは恥ずかしそうに顔を両手で覆い、ため息をついた。

「ご迷惑をおかけして……」

「いいえ。これくらいのことを恥ずかしいと思っていたら、役者なんてできません」

彼女の向かいに腰をおろしながら俺は笑った。ただの軽口のつもりだったのに、藤間さんが顔をあげてこちらを見たので、俺は自分が失言したような気持ちになった。この人は、会話を適当に流すことをしない。

「そうなんですか？」

真面目に問い返される。そうですね、と俺は答えた。

「もっといろいろやらされるので」

「だから鳴宮さんって」

藤間さんは、そこまで言いかけて口を閉じた。「……僕って？」俺は訊き返す。

「だれとでも話せるというか……人と接するのがうまい、のかなあって……」彼女はそうつぶやくと、「そのままの名前で活動されてるんですか」と続けた。

今日初めてちゃんと、この人と話していると俺は思った。自分はそのことに、なぜか緊張している。

「いいえ、全然違う名前です」

「芸名ってやつですか？」

「一応ね」

俺がそう言った直後、失礼します、と外から声がした。藤間さんの視線が俺から逸《そ》れる。仲居さんが戻ってきたのだ。彼女たちはまだ残っている藤間さんのヴィシソワーズ以外の皿を下げ、真ん中の籠にバゲットを追加し、メインらしい真鯛のポワレを置いた。もちろん白ワインの用意もある。俺はそれを表面上はにこやかに眺めつつ、自分がいつも壮平として人と接しているせいで、鳴宮庄吾として壮平を語る言葉を持っていないことに気づき、内心動揺していた。

「最後にデザートをお持ちします。ドリンクがつきますが、コーヒーと紅茶はどちらがよろしいですか」

さっき廊下で話したほうの仲居さんが訊いた。料理が並べられる間じっと黙っていた藤間さんが顔をあげ、彼女を見る。たしかに藤間さんは一般的に言って、社交的なタイプではないだろう。人見知りだし、話すときも言葉少なで、適当な発言をしない。つまりは不器用で、誠実なのだ。なにも悪いことではない。俺は器用だとよく言われる。それは不誠実であることと紙一重だろうと思う。あるいは、表裏一体だろうか。

「デカフェのコーヒーってありますか」

「ございます」

「では、私はそれで」

「僕も同じものを」

かしこまりました、と返事をして、仲居さんは出ていった。俺たちはさぞかし甘い雰囲気のないカップルだと思われていることだろう。もっと彼氏っぽく振る舞えと言われればできなくもないが、藤間さんが望んでいないからやらない。あるいは、壮平ならできたかもしれないが、庄吾にはできない。

しんとした部屋で、俺たちは向かい合う。

「芸名って……、どんなふうな?」

ナイフとフォークを手に取りながら藤間さんは首を傾げた。――知っていた。この人は、会話を宙ぶらりんのまま終わらせないのだ。

「内緒です。調べても見つけられないと思いますよ、売れてないから」

俺はできるだけ余裕のある口調で言って笑い、自分もメインに手をつけた。藤間さんは、なんでですかと問うことも、教えてくださいよとせがむこともしなかった。思慮深いまばたきをした後、「教えたくないんですね」と納得しただけだった。塔野壮平の存在を明かすタイミングを自分で潰した俺は、これでこの人の前では、鳴宮庄吾でいるしかなくなってしまったと思った。

ワインを飲む藤間さんの喉元を見つめ、俺は首筋がぞくりとするのを感じる。

この人と話すのは、面白くて、若干怖い。


藤間さんは料理を少し残した。ワインは二人で空け、彼女の顔はやや赤らんだものの、変化はそれくらいだった。タイミングを見計らって運ばれてきたデザートは直径十二センチほどのショートケーキで、仲居さんは特別な演出はなにもせず、ただ皿を座卓の真ん中に置いた。メッセージプレートを藤間さんに向けたのがゆいいつの配慮だったのではないだろうか。藤間さんは「いつもありがとう」の文字を見て目を赤くしたものの、泣くことはなかった。しかし仲居さんは見逃さず、こちらに「よかったですね」的な笑みを一瞬だけ寄越した。俺は微笑を返すしかなかった。実は藤間さんが泣きそうになっているのはそのケーキをオーダーした男がすでに死んでいるからであり、俺と彼女は会ってまだ二回目で、俺は旅費を半額負担するのと引き換えに半ば強引にこの旅についてきたのだなんて説明は、さすがにできない。

一切れしか食べられません、と藤間さんが言うので、ケーキの八割は俺の腹に収まった。チョコレートでできたメッセージプレートも、俺が齧《かじ》ってあっさりと砕いた。

夕食の片付けが終わっても、藤間さんはほとんど喋らなかった。俺に対する警戒心が戻ってきたわけではなく、きっと「いつもありがとう」というメッセージについて考えていたんじゃないだろうか。俺もマサノリの心情を想像しようとしてみたが、前回聞いた話を統合するとどうしようもない浮気男というイメージしか浮かばず、二股をかけつつ本命の女の子への気遣いも怠《おこた》らない自分に酔っていたか、どう好意的に捉えても、自分の罪悪感を和《やわ》らげるためだったんだろう、という結論にしかならなかった。

「藤間さん」

再び広縁の椅子に座り、二冊目の本であるディケンズの短編集を読もうとして、ちっとも頭に入ってこず諦めた俺は、座椅子で身動きもせず虚空《こくう》を見つめている彼女に声をかけた。時刻は九時少し前だ。あまりにも健全な時間だが、やることがないのなら寝るに越したことはない。藤間さんは三秒ほど置いてからこちらを見た。泣いてはいない。ここで彼女が泣いていたら俺は慰《なぐさ》め、もっと親密な方向に事態は動いたかもしれないものの、藤間さんの目は冷静だった。だいたいこの人は、泣くときですらあまり感情的にならないというか、泣きながら自分の涙の理由を考えてしまいかねないのを、俺は火葬場での経験から知っている。

「温泉行きます？」

「……ああ」彼女は、食事を終えてからの時間の経過をいま初めて認識したというふうに、部屋を見回した。「そうですね」

「たぶん一緒に出たほうが、仲居さんも布団を敷きやすいと思うんですよね」

そうですね、と彼女は繰り返した。それぞれ押し入れにあった浴衣《ゆかた》とタオルのセットを持ち、藤間さんはそれにプラスして小さなポーチを持った。廊下を歩くときも俺たちは無言で、俺はその静寂にもはや慣れ始めていた。他人と一緒にいて、こんなにも喋らないで過ごすことは滅多にない。居心地悪く感じないのが不思議だ。

「僕のほうが早く済むと思います。鍵はどちらも持っていますし、好きなだけゆっくり入ってきてください」

大浴場の、男女別の暖簾《のれん》前に立って俺は言った。藤間さんがこちらを見上げ、ほんのわずかに唇の端をあげて「わかりました」と答える。今日初めての笑みだと俺は気づき、ここまで来るのに丸一日かかったことに驚嘆した。

「では、あとで」

俺はそう言って暖簾をくぐる。引き戸を開けて中に入った瞬間、湿度の高い空気が頬に触れ、俺は短く息を吸い込んだ。

二十分後に部屋に戻ると、座卓が隅に移動され、布団が二組、部屋の真ん中に隣り合って敷かれていた。俺は苦笑して、布団一組を広縁の手前ぎりぎりまでずらした。

初対面にちかい異性といきなり同室で一晩過ごすのは、俺の人生において、今日が初めてではない。ワンナイト・スタンド的なものも未経験ではないし、アメリカでのルームシェア時代は、リビングにあったカウチにいつだれがどんな恰好で眠っていようと、いちいち驚いていたらキリがなかった。サラが酔っ払って連れてきた女友達にベッドに入り込まれたことだってあるし、それでも手を出したら後々面倒なことになる気配があれば純粋にベッドを半分貸して済ましてきたわけだから、藤間さんがすぐ隣の布団にいようと、特になんの葛藤《かっとう》も覚えずに朝まで問題なく眠れる自信はある。が、藤間さんは絶対にそういうことをしてきた人間ではないし、したい人間でもないだろう。

寝支度を整えた俺は、いつでも眠れる、あるいはいつでも寝たふりをできる体勢で自分の布団に横たわった。枕元にミネラルウォーターと本とスマホを置く。朝食は広間で食べることになっていたと思うが、何時からかは思い出せなかった。アラームを設定しようか迷っていたところに知り合いから電話がかかってくる。今朝、ヘルプを断った店の店長だった。俺は仰向《あおむ》けに寝転がりながら通話ボタンを押した。

「なあ壮平、いまからでも来られない？　お礼弾《はず》むからさ。これから団体入ってるんだよ」

というのが店長の第一声だった。むり、と俺は即答する。

「俺いま東京にいないもん」

ひさしぶりに自分の声を聞いたと思った。自分の？　違う、これは壮平の声だ。

「仕事？　どこにいんの」

「仕事じゃない。群馬のどっか」

「旅行？　女か」

「それも違う」

そう返して目を閉じる。スマホ越しに、混雑している飲食店の厨房の、がやがやした空気を感じた。藤間さんは店長の言う意味での女――、つまりはセックスする相手ではないし、単なる友人と説明するにしても、壮平の友人ではない。

言葉にこう細かくなっているのは、藤間さんの影響だろうか。それとも、鳴宮庄吾はこういう人間だったのを忘れていただけだろうか。

「なに、ひとり旅なの」

俺は声を出さずに笑った。もしかしたらこれはひとり旅だったのかもしれないと、納得してしまったのだ。心情的にはちかい。行き先も泊まる場所も同じ二人だから、一緒に過ごしているだけで。

「そんな感じ」

怪しいなあ、と店長は言い、だれかの呼ぶ声に応えて「はいよー」と返事をした。遠い。いつもいる場所から自分はこんなに遠いところにいて、それがとても気持ちいい。

「戻りいつ？」

「決めてない」

「自分探しでもしてんのか」

「混んでるんでしょ。またそのうちね」

土産買ってこいよ、の声に適当な返事をして電話を切る。スマホをおやすみモードに切り替えて布団の脇に置いた。指先がつるつるとした畳に触れる。温泉の効果か、手足がぽかぽかとして、自分からいつもと違う香りがした。洗い場に備えつけてあったボディソープと温泉そのものの匂いが混ざったような、旅先の空気を感じる。

鍵の音がした。

俺は布団を首元までかぶり、目を閉じて呼吸を切り替える。ほぼ同時に襖《ふすま》が開けられた。

俺が寝ていることに気づいたのだろう、藤間さんが一瞬動きを止めたのがわかる。彼女は静かに、とても静かに入ってきて襖を閉めた。俺は彼女の緊張につられないようにしなければいけなかった。眠りを演じるのは難しいと思う。完全な無防備を装うというのは。

彼女は襖に近いほうの布団の上に座った。ぽす、とかすかな音がした。俺も同じ湯上がりだが、藤間さんが入ってきただけで、周囲の湿度があがったように錯覚した。俺は寝たふりをしたことを少し後悔する。浴衣姿を見たいと思ったのだ。髪はおろしているだろうか。風呂上がりにわざわざ化粧をするタイプではないだろう。彼女は湯船に浸かってなにを考えたのか。死んだ恋人のことか、これから同じ部屋で眠る男のことか。

静かだ。

目を閉じていてもまだ照明がついているのはわかる。藤間さんがそこにいるのもわかる――、のだが、俺を起こさないように気を遣っているにしても、不思議なくらい気配が薄い。なんとなく、草陰に潜む草食動物を俺は連想した。目を閉じていると時間の進み具合がわからず、俺は藤間さんが部屋に帰ってきたのが三分前なのか十五分前なのか、だんだん自信がなくなってきた。

いっそ薄目を開けて彼女の様子を窺おうかという誘惑に駆られてくる。鶴《つる》が機織《はたお》りでもしているかもしれない、という妄想が浮かんで可笑《おか》しくなったものの、笑うわけにはいかなかった。

やがて彼女は立ち上がり、壁のスイッチで照明を消した。

藤間さんはなかなか眠れないのではないかという俺の予想は、意外なことに裏切られた。彼女からはすぐに規則正しい呼吸音が聞こえてきた。俺は目を開け、ちらりと隣を見やったが、暗闇の中にぼんやりと盛り上がった布団が見えるだけだった。

彼女は、夜でも眠りながら泣くことがあるんだろうか。俺は天井を見上げて考えた。喫煙所でも彼女は涙を流したが、いつもはこんなふうじゃないんですよ、と苦笑していた。一度も死んだ恋人への恨み言を吐かなかった。図々しくも葬儀に参列し、人目のないところでわざわざ接触してきた浮気相手の女のことすら責めなかった。あの女の子の言うとおりだと思います。藤間さんはそうつぶやいたのだ。

——だってこんなときですら私は、彼の部屋に置いていた荷物を早くどかさなくちゃとか、再来週行く予定だった旅館をキャンセルしなくちゃとか、そういうことばかり頭に浮かぶんです。いまは泣いているので説得力がないかもしれませんが、葬儀でも涙ひとつ流さなかった。そんなの、つまらなくて冷たい女だって言われても仕方ないでしょう？　彼の気持ちが離れたのも当然だって……。

たしかに実際的な人なのかもしれない。だがそれは、人によっては別れる理由になりえても、浮気をする理由にはならないと思う。それに藤間さんは、息子を亡くしたばかりの相手の両親の心情を慮《おもんぱか》り、葬儀で見知らぬ女から攻撃されても動揺せず、口外もせず、律儀《りちぎ》に火葬場に同行して礼儀正しく振る舞ったのだ。それは優しさだと思う。

いくら耳を澄ましてみても、藤間さんからはかすかな、本当に小さな呼吸音しか聞こえてこない。


そのうち俺も眠っていた。


アラームをかけなければ、俺はだいたい八時間睡眠だ。

目が覚めて、自分がどこにいるのかを思い出すのに数秒かかった。俺は見慣れない天井を見上げ、次に隣に視線を向ける。藤間さんはまだ寝ているようだった。こちらに背を向け、少し丸くなっているような体勢なので顔は見えない。俺は手探りでスマホを見つけ、いまがまだ六時前だということを確かめる。

日曜日の朝、こんなに早い時間に、仕事も義務も抜きにただ爽快に覚醒するのなんて、いつぶりだろうか。

布団の中でしばらくごろごろした。六時になってからそっと起き上がり、水を飲んだ。藤間さんは微動だにせず寝ている。俺は広縁に移動し、椅子に座った。本を読むならコーヒーが飲みたいが、コーヒーマシンの音でたぶん藤間さんを起こしてしまうだろう。溜まっていたスマホのメッセージを読み、特に緊急の用件はなかったのでどれにも返事はせず、おやすみモードはオンのままにしておいた。どうせどの連絡も壮平宛なのだ。着替えてから、藤間さんの足元を通って部屋を横切る。襖を開けるときに様子を窺ったが、起こしてはいないようだった。彼女は寝ているし、どうやら泣いてもいない。よかった。バスルームで顔を洗って歯を磨き、ヒゲを剃る。広縁に戻り、六時半になったらコーヒーを淹れてもいいかな、と思いながら待機していたら、藤間さんのスマホのアラームが鳴った。六時二十五分。彼女は手を伸ばし、アラームを止めてまた動かなくなった。俺は小さく笑う。カプセルをセットしてコーヒーマシンのボタンを押すと、ヴヴヴヴヴ、と低い音がして、藤間さんは飛び起きた。

「おはようございます」

俺は声をかけ、立ったままコーヒーを口にする。上半身を起こし、ぼさぼさの髪を耳にかけながらこちらを凝視《ぎょうし》する彼女は、どうやら朝にあまり強くないようだった。ずいぶん長い間《ま》の後で、「おはようございます」と返してくる。

「朝食って、何時からでしたっけ」俺は訊いた。

「……七時半です」

「まだ一時間もありますね」

俺はまた広縁の椅子に腰をおろす。藤間さんは動き出すのに、さらに五分ほどかけた。浴衣は少し乱れ、すっぴんの肌は青白く、顔色が悪いように見えなくもないが綺麗だった。なるほどなあと俺は思う。こんなふうなのか。

「僕はいつでも食べに行けるので、洗面台とか、好きに使ってください」

「はい……」

「コーヒーいります？」

いりません、と彼女は答え、ポーチを手に立ち上がった。

俺はまた本を読むことにした。藤間さんは、俺が起きていようがいまいが関係なく、静かに行動する人だった。何度かバスルームと部屋を行き来していたが、俺はそちらを見なかったので詳細はわからない。彼女がこちらに近づいてくる気配がしたので顔をあげて初めて、俺は彼女がすでに着替えていたことを知った。褪《あ》せたような青のシャツワンピースに白のパンツという恰好で、髪は結ばれ、化粧もしていたがやはり薄い。

「水を取ってもいいですか」

遠慮気味に、まるで広縁は俺の陣地だと思っているような態度だった。俺は笑いながら「もちろんどうぞ」と返す。彼女は俺のすぐ傍《そば》を通って冷蔵庫に向かい、俺はひそかに、なんの香りもしないな、という感想を抱いた。藤間さんは、香水やらヘアオイルやら、匂いのするものをつけないらしい。それも俺の周りにはいないタイプだった。

「それ、そのままにしておいたほうがいいんですよ」

荷物をまとめ終えた藤間さんが布団を畳もうとしたので俺は言った。彼女が動きを止めてこちらを見る。

「忘れ物とかを確認するために敷き直さなくちゃいけなくなって、旅館の人にとってはむしろ手間になるそうです」

「あ、そうなんですか」

「僕のも戻しておきますね」

俺は立ち上がり、自分の布団を藤間さんの布団の隣に引きずっていった。所在なげにそれを見守っていた藤間さんが、「お気遣いいただいて……」と小さな声で言う。彼女は、昨日よりは緊張していないようだった。おそらくは最大の難関だった夜を無事に越え、この男は少なくとも一晩は無害だったと、認めてくれたのかもしれない。

「七時十五分か」俺は腕時計を確かめた。「もう食事行ってみます?」

「はい。えっと、荷物は置いて?」

「チェックアウトは十時でしたよね。また戻ってきましょう」

わかりました、と彼女は頷いた。他人行儀な態度に変わりはない。この人が打ち解けたらどんなふうになるんだろうと、一緒に廊下を歩きながら考える。広間に並んだテーブルの一卓に俺たちは通された。朝食はザ・旅館という感じの和定食で、焼き鮭と味のりが嬉しかった。お櫃《ひつ》に入った白米が、テーブルの真ん中に置いてある。

「自分の分だけ取ってください」

藤間さんが悩み始める前に俺は言った。彼女は、はい、と返事をして、信じられないくらい少量のごはんをよそう。俺は茶碗に山盛りにした。

「ここを出たら例の花畑に行くんですか」

そう尋ねると、藤間さんは実に微妙な表情になった。

「鳴宮さんって、この間の会話をよく覚えてますよね」

「ネモフィラって、いまが見頃なんでしょう?」

「時期的には、たぶん。でも、あの、私はほかにやることもないから行くだけなので、別に無理してお付き合いいただかなくても大丈夫ですよ」

「やることなんて僕もないですよ」

「男の人にはきっとつまらないと思います」藤間さんは困ったように付け足した。「私もそんなに花が好きというわけでもないんですけど。またバスに三十分も乗らなくちゃいけないし、調べてみたら規模も小さくて。どこか有名な公園で見たネモフィラが綺麗だったからって、土地を持っている一般の方が真似して植えただけだそうで、なにも知らなければ通り過ぎちゃうくらいの……」

喫煙所で聞いた話では、マサノリはその花畑に藤間さんを連れていくつもりだったという。俺はネモフィラがはたしてどんな花なのかも知らないので、藤間さんの懸念はもっともだが、こういうときに別行動を提案する人は、女性にはあまりいないと思う。俺に、そんなこと言わないでよ一緒に行くよ、という反応を求めているわけでもない。そうですね、とこちらが同意すれば藤間さんはほっとするような予感がある。チェックアウトして旅費を精算して別れたら……、どうなるんだろうか。普通なら、じゃあそのうち今度は飯でも、となるところだが。

「好きですよ、僕、そういうの。なんか知る人ぞ知るスポットみたいでいいじゃないですか」

食後のお茶を飲みながら言うと、藤間さんは諦めたようだった。

「鳴宮さんって、変わってるって言われませんか」

「言われることはあります。でも、藤間さんもけっこう変わってますよ」

彼女は眉を寄せ、ひどく不本意な評価を下されたとでも言わんばかりの顔になる。俺は大笑いした。

部屋に戻って一息つき、それでも俺たちは、九時過ぎにはチェックアウトした。

「めちゃくちゃいいところですね、ここ。外国の朝みたいな雰囲気で」

昨日より雲はあるものの、今日も晴れだった。最高気温は二十二度の予報だが、早朝の空気はまだひんやりとして気持ちがいい。旅館からバス停までは十分ほどの下り坂で、両脇に見えるのは朝露に濡れた木々の葉と、別荘みたいな感じのログハウス数軒だけだ。

「外国の朝」藤間さんはつぶやいた。「どんなところが?」

「……じめじめしてなくて」俺は考えながら返す。「涼しくて静かで、自然が豊かだけど人はいなくて、鳥の鳴き声がするところ?」

そう言いつつ、田舎なんて全世界共通でそんなものかもしれない、と思った。単に、俺に日本国内の地方に行った経験が少なすぎてそう感じるだけか。藤間さんは前を見てしばらく黙る。俺は、自分の言葉が相手にゆっくりと浸透していくようなこの時間を好きになり始めていることに気づく。

「鳴宮さんって、アメリカ以外にも行かれたことがあるんですか」

「ありますよ。大学生の頃ですけどね」

「どこに?」

ようやく彼女の興味を引くトピックを見つけられたことに俺は少々ほっとした。

「夏休みにヨーロッパを回ったんです。実家には、友達の親戚がフランスの避暑地に住んでいるから一緒に行く、ってことにして。いや実際一緒に行ったんですが、二泊させてもらったあとはいろんな国をひとりで回りました。泊まったのはほとんど大学の友達に紹介してもらった彼らの実家とか親戚の家で、だから観光地より、もっと地元っぽいところが多かったですね」

「それって、泊まる先々にその友達もいたってことですか?」

「いたりいなかったり」

藤間さんは目を見開いた。「知らない人しかいないときでも、普通に泊まれたんですか」

「そうですね。やあ、アダムの友達だろ、話は聞いてるよ、ウェルカム、的なノリです。あっちの家って日本より広いし、バスルーム付きのゲストルームもよくあるし、そんなにおかしなことではないと思います。もちろん、僕が男でどこでも寝泊まりできたからというのもあるでしょうが」

到着したバス停にベンチはなく、待っている人もいなかった。腕時計を見ると、次のバスまではあと十分ほどある。俺は空を見上げて深く息を吸った。ここが外国に似ているというより、自分がいつもいる場所から遠く隔《へだ》たっているというこの感覚が大学のときのひとり旅以来で、そのせいであの頃を思い返している気もする。

「じゃあ、今回みたいなことって、鳴宮さんにとってはよくあるんですね」

藤間さんが言う。俺は彼女の顔を見て、「今回みたいなことって？」と訊き返した。藤間さんの真似だ。

「知らない土地に行って、知らない人と一緒にいること」

彼女はそう言ってなぜか微笑んだ。知らない人、と俺は思う。まあ、知っている人とは呼べないかもしれない、お互いに。

「そうなりますかね……」

「いろんな国って、どこですか」

「えっと。フランス、イタリア、マルタ、クロアチア、オーストリア、チェコ、ドイツ、オランダ……」俺は指折りかぞえた。「あとイギリスとアイルランドかな、そのときに回ったのは」

「ほかにも行ったことがあるんですか？」

俺は考えた。大学時代なんて、もう十五年も前の話だ。アメリカの大学の寮にいた。地域の劇団に所属してはいたものの親父には内緒にしており、あいつにとってまだ俺は、経済を勉強してアメリカの大学卒業を目指している鳴宮家の長男だった。塔野壮平は世界のどこにも存在していなかった。

「アメリカ国内の旅行ならもっと頻繁にしていたし、カナダとメキシコも行きましたよ。近いから。アジア方面だと、韓国と台湾と香港かな……。あとシンガポール」

「それでぜんぶ？」

俺は考えた。「たぶん？」

羨《うらや》ましい、と彼女は言い、どこか遠くに視線を向けた。俺はその横顔を見つめる。

「藤間さんは、海外旅行は？」

「一度だけ、台湾に」彼女は答える。「私も大学生のときです。卒業旅行で、友達と」

「楽しくなかったんですか？」

「楽しかったですよ。でも、日本を出るのが初めてだったので、緊張も強かった気がします。四人旅だったんですけど、鳴宮さんみたいに旅慣れしている人がだれもいなくて、ガイドブックに載っていたモデルコースをほとんどそのまま回りました」

「国内旅行は？」

彼女は首を横に振った。

「父が、自宅にいるのが好きな人なんですね。家族旅行すらほとんどしたことがないんです。だから正直、普通の人がどういうタイミングで『旅に出たい』って思うのか、いまだによくわからなくて……」藤間さんは苦笑した。「だからというか、あの、すみません。あんまり旅らしくない旅で」

「藤間さんの言う旅らしい旅って、もしかして、観光名所を回って写真を撮りまくるみたいなやつですか？」

「そう……ですね、想像ですけど」

「同行する人がそれをやりたいのなら僕も合わせますけど、ひとり旅のときはいつもこんな感じですよ。それこそ欧州を回ったときは、知らない家のベッドで目覚めて、家の人と一緒に朝ごはん食べて少し話をして、これから世話してる馬の様子を見にいくけど来るかと誘われてついていったこともあるし、今日は息子の誕生日パーティーなんだよと言われて知らない子どもたち相手にマジックショーをやらされたこともあるし、観光地なんて混んでるし物は高いしいいことない、それより俺の母親の料理を食いにいこう、世界で一番うまいんだってその人の実家に連れていかれたこともあるし。さっき挙げた国にはたしかに行ったことがありますが、エッフェル塔も見ていなければ、ロンドン橋も渡っていません。いつもいる場所を離れたらもう旅なんだから、あとはなにもしなくてもいいんですよ。——来ましたね」

　バスが見えてきた。藤間さんは黙って乗り込んだが、なにかを考えているような横顔が、さっきの話はまだ終わっていないことを告げていた。がらがらのバスの、昨日と同じ後部座席に俺たちは座る。俺は、昨日ほどは距離を置かなかった。彼女はそれに気づいただろうか。

「いつもいる場所を離れたらもう旅」

少しして藤間さんはつぶやいた。こちらを見上げて、あの、と続ける。

「ほかにも聞いていいですか？」

「……ひとり旅の話を？」

「はい。というか、外国の話を」

まるで自分がはしたない行為でも望んでいるかのような表情で彼女が囁く。かまいませんけど、と俺が返すと、彼女は俯き加減にひっそりと微笑んだ。


俺たちは、地元の人以外は絶対に用事のなさそうな、山と田んぼと民家しか見当たらない道の途中にあるバス停でバスを降りた。スマホのマップを開いた藤間さんを前に十分ほど歩き、掠《かす》れた字で通学路と書かれた標識のある道を曲がって、とうとうその花畑に辿《たど》り着いた。

ネモフィラは青い花だった。

広さはテニスコート一面分ほどで、民家と通学路に囲まれていて、どこかもっと広い花畑から一部を切り取ってきて敷き詰めたような唐突感があったものの、赤や黄色のような派手な色ではなく、淡い青の花弁というのが俺は気に入った。

「――イギリスにブルーベルっていう花があるんですけど、聞いたことありますか？」

さっきまでしていた旅行の話の流れで俺は訊いた。左隣に立つ藤間さんが、花畑を見たまま首を横に振る。

「ブルーベルが咲いている森には妖精がいるっていう言い伝えがあるんですが、なんとなくそれを思い出します」

「妖精がいそうってことですか」

藤間さんに問い返され、そう言われてみると自分の発言がやたらファンシーなものだったような気がしてきた。

「幻想的、というんですかね」

「ブルーベルというからには、青なんですか？」

「まあ、そうです。これよりももっと濃い、半ば紫がかった色なんですが、それでも可憐な感じがして、森で一面に咲いているところなんかに出くわすと、ファンタジー小説の世界に迷い込んだみたいな気持ちになります。春の風物詩だから、見頃も同じくらいじゃないかな」

俺は花畑の中の通路に足を踏み入れた。入り口に立っている「踏まないでください　摘まないでください」という手書きの看板がひそやかな雰囲気を台無しにしているものの、素朴で微笑ましいと言えなくもない。ネモフィラの高さは二十センチくらいしかないので、足元を見ながら歩くことになる。しゃがんでじっくり眺めるような植物への愛は俺にはないが、ほのかに甘い香りが漂う花畑をゆっくりと歩くのは、悪い気分ではなかった。

「ネモフィラの花言葉なら、知っています」

後ろからついてきた藤間さんが、独り言のようにつぶやいた。「どんなのですか？」俺は前を向いたまま訊き返す。彼女はすぐには答えなかったが、数秒の沈黙の後、囁いた。

「あなたを許す」

俺は足を止めかけ、思いとどまった。へえ、と反応してから、どう続けようか迷う。藤間さんの声はさっきまでと変わらない、普通のトーンだった。だからこちらも何事もないように振る舞わなければいけないと、咄嗟《とっさ》に思った。

「だからここに来たんですか？　花が好きなわけでもないのに」

いいえ、と今度はすぐに返ってきた。彼女はかすかに笑ったようだった。

「ほかになにもなかったからです。ちょっと綺麗なところがあるから連れていくよ、くらいの約束で、詳しい場所なんて聞かされていなかったのでネットで調べて、そのときにネモフィラの情報も出てきたのでついでに読みました。花の名前はギリシャ神話が由来で、しかもその神話、男性側が死ぬ話なんですよ」

花畑の真ん中、十字の形に造られた通路で、俺は藤間さんと向き合った。彼女は泣いていない。落ち着いた表情でこちらを見上げている。泣いていない女の人を慰めるのは難しい。

「偶然にしては、よくできていますね」

俺は自分のコメントを馬鹿みたいだと思った。藤間さんは、本当に、と頷いて微笑むと、風で乱れた前髪を耳にかけ、遠くを見た。この人は表情を作らない――、だから感情が読みづらい。それでも俺が知っているのは、藤間さんは「許さない」などと考えてはいないはずだということだ。男に対しても、女に対しても。藤間さんが責めている人がいるとすれば自分自身だけで、どうしてそうなるのか、俺には理解できない。

「僕、向こうにいますね」

彼女はゆっくりとまばたきをした。預かります、と続けて藤間さんのバッグに手をかけると、彼女は一瞬迷ったようだったが、ありがとうございます、と小さな声で言って手を離した。俺は彼女をそこに残し、通路を曲がって、入ったときとは違う場所から花畑を出た。アスファルトで舗装されたただの通学路に戻ってくる。

振り返って確かめると、藤間さんはさっきから一歩も動いていなかった。

風ではためく彼女のワンピースは、ネモフィラの色とよく似ている。髪を押さえる手に隠れていて顔は見えない。花畑の中にいたときはたいした規模ではないと思ったのに、こうしてみると、なにかひどくだだっ広い場所に藤間さんを置いてきたように感じられた。空に向かって開く薄いブルーの花弁は、中心部分は白くなっていて、それが花畑全体の印象をますます淡いものにしている。そこに佇《たたず》む藤間さんは、ネモフィラと同じくらい頼りない存在に見えた。

――その花の咲く森に入ると、妖精たちに閉じ込められ、そこから出られなくなってしまう。

それはブルーベルの伝承だ。ネモフィラではない。いつの間にか映像作品に見入っているときのように、そこにいる彼女の気持ちを解釈しようとしていた俺は、意識して軽く頭を振り、花畑から視線を逸らした。足元のアスファルトを見下ろし、右手に持った藤間さんのバッグの重さを確かめて奇妙な感傷から抜け出す。こちらはバッグを預かっているのだから、彼女はそのうちあそこから出てきて、俺と合流するしかないのだ。

顔をあげると、藤間さんはまだそこにいた。俺はシャッターを切るようにその光景をもう一度だけ確かめて、踵《きびす》を返した。

バス停のある広い通りまで戻り、横断歩道のない車道を、田んぼの広がっている側に渡った。もう少し経ったら花畑まで様子を見にいこうと思っていたのだが、その必要はなかった。あてもなくふらふらし、ふと振り返ったら、いつの間にか藤間さんが、畦道《あぜみち》の入り口に所在なげに立っていたのだ。俺が大股で近づいていくと、「ここのバス、一時間に二本くらいしかないので」と、彼女は極めて平静に説明した。

「あと五分後のバスを逃すと、次は三十五分後になります。でも、散策したいとか、写真が撮りたいとかがあれば、私はそこらへんで待っていますし、急がなくても大丈夫です」

俺はさすがに唖然として彼女を見下ろした。こっちは藤間さんを待っているつもりだったのだ。だが、彼女は花畑であのまま物思いに耽《ふけ》るどころか、バスの時間を気にしてあっさりと引き返してきたらしい。事前に時刻表を確かめていたのだろう。俺はまったく見ていなかった。

お礼を言う彼女にバッグを返す。現実的な人なのだ。ここから別行動にしましょうか、なんて提案をされなかっただけでもよかったかもしれない。俺を自分の用事に付き合わせることは遠慮するくせに、こちらを待つのは平気なのがこの人らしいと感じ、そんな思考を辿った自分が不思議だった。俺が藤間さんのなにを知っているというのだろう。

「――じゃあ、そろそろ行きますか」

俺の言葉に、彼女は頷いた。

バスの終点は、昨日電車を降りた駅より、ひとつ高崎駅寄りだった。ここからはそちらの駅のほうが近いらしい。相変わらず老人しか乗っていないバスの後部座席に向かって歩きながら、俺はデジャヴを感じ始める。だれかの記憶の中の田舎に、藤間さんと閉じ込められてしまったような。陽射しで暖まった座席に座り、俺はいつの間にか寝ていた。今回は、寝ようとしたわけでも寝たふりをしようとしたわけでもなく、知らないうちに本当に眠ってしまったのだ。そしてやはり藤間さんに起こされた。

「鳴宮さん」

静かな声に、はい、と返事をして目を開ける。駅に着きました、と藤間さんが告げる。バスはすでに停まっていて、前方に座っていた老人たちがよろよろと降りていくところだった。俺は一瞬、自分がどこでなにをしているのかわからなくなったが、ひとまず彼らについていってバスを降りた。最初に思い出したのは、このまま電車に乗り換えれば、あとはもう東京に帰るしかなくなる、ということだった。

「藤間さん」

はい、と後ろで彼女が返事をする。俺は駅周辺の、ささやかながら栄えている場所をぐるりと見渡した。カフェもファミレスも、コンビニすらない。空き地と民家と、駐輪場と町工場と……。

「あそこに寄っていきませんか？」

目に入ったのは、市立図書館までの道のりを示す地図だった。徒歩七分とある。図書館、と藤間さんが小さな声でつぶやく。新幹線への乗り換えは高崎駅なんだから、あそこまで行けばいくらでも時間を潰せる飲食店があったのに、と一拍遅れて気づいたが、もう遅かった。

「図書館って好きなんです」俺は言う。嘘ではなかった。「信じられないくらいなつかしい本が置いてあったりしますよ」

藤間さんはやや目を見開き、はい、と頷いた。想定外の事態に断る理由を思いつけないようだった。この人には、混んでいる駅のレストランなんかに誘うより、こちらのほうがよかった気がしてくる。歩き出すと彼女はついてきた。俺は旅館から持ってきたペットボトルの水を飲み干しながら、自分がこの旅行を長引かせようとしている理由を探す。わからない。

思ったより大きな図書館だった。

自動ドアを通過すると、古い紙の匂いとなにかを消毒したような匂いが両方漂っていた。カウンターの向こうにいる司書らしき女性が二人、こちらを見る。俺も藤間さんも見慣れない顔だからだろうか。だが声をかけられることはなかった。絵本コーナーに親子が数組。自習コーナーみたいなところにも、老若男女、けっこう人がいる。カフェもファミレスもコンビニもない町では、人は図書館に集まるのかもしれない。

「なにか読んでいきますか」俺は藤間さんに囁いた。

「なにかって――、なにをですか？」

彼女は戸惑った目をこちらに向ける。俺は腕時計を見た。十一時半少し前。一時間後にここを出て電車に乗ると、午後一時頃には高崎駅に着くはずだ。駅弁を買って新幹線に乗れば、東京に着くのは二時台か。それくらいに解散するのなら、この旅行の終わりとして納得できる気がした。

「児童書か、薄い文庫本一冊かな」

「でも、さっきの駅は、一時間に一本しか電車がこないんです。いまちょうど一本逃したので、次は十二時八分です。少なくとも十二時までにはここを出ないと……」

藤間さん。俺が名前を呼ぶと彼女は口を閉じた。

「何時までに東京に戻らなきゃいけないとかあるんですか？」

困惑しつつも、ありません、と藤間さんが答える。適当な用事をでっち上げてさっさと帰ろうと画策するようなずる賢さを、この人は持ち合わせていない。

「なら、別にそんなに細かいことは気にしなくてもいいでしょう。本、嫌いですか？」

「嫌いではないですけど……」

「なら、とりあえず一冊、なんでもいいから読みません？　時間は気にせず。僕も昨日、旅館でそれやってかなり気持ちよかったですよ。いつの電車に乗るかは、それから考えましょう」

藤間さんは途方に暮れた顔になった。彼女は、嬉しいとか悲しいとかはあまり表情に出ないのだが、困ったときだけはわかりやすい。俺は微笑みを返した。「時計を見ないように」小声で告げてから手を振ってその場を離れる。デートだったらこんなふうに女性を放置するのは許されないだろうが、これはデートではない。それにたぶん、藤間さんは黙って帰ることはしない。

俺は児童書のコーナーを見て回り、そこに本当に少数ながら、英語の本があることに感心した。ロアルド・ダールの『The BFG』を見つけたので読むことにする。それはまさしく「信じられないくらいなつかしい」本で、なぜなら米国留学して間もない頃に初めて英語で読んだ本の、数冊のうちの一冊だからだ。

半分ほど読んだところで顔をあげると、藤間さんは離れたところで椅子に座り、真剣な顔で小川未明の童話集を読んでいた。

結局俺たちは、一時十一分の電車に乗った。電車の中ではどちらもほとんど喋らなかったが、静寂の質は明らかに昨日と違っていた。高崎駅で、俺は量の多さだけで選んだ肉だらけの弁当を、藤間さんはサンドウィッチと飲むヨーグルトを買った。二時四分発の新幹線に乗り込み、「窓側どうぞ」と俺は言った。彼女はわずかだが微笑み、ありがとうございます、と返して腰をおろした。

「先に精算しちゃいましょうか」

発車とほぼ同時に俺は言った。お手拭きの袋を開けようとしていた藤間さんが固まってこちらを見る。俺も死ぬほど腹が減っていたが、金の話を先にしなければ、うやむやにされる予感がなんとなくしたのだ。その場合、損をするのは俺ではなく、藤間さんである。

「……鳴宮さんには二人分の交通費を払っていただいたわけですから、それで……」

ほらみろ、と思った。この人はきっと、この期《ご》に及んでなお、俺を旅行に付き合わせたと思っているんだろう。

「いいわけないでしょう。喫煙所で話したときは、宿代は五万円だと言っていましたよね」

「――はい」藤間さんは、わずかに目を見開いてから頷いた。「そうです。だから半分にするのなら……」

「だからなんで多く払おうとするんですか。ワインのボトル入れましたよね。っていうか、領収書もらってましたよね。見せてください。売れない役者とは言いましたが、バイトで稼いでいるので大丈夫です」

「そういうことじゃなくて……」

彼女はまたわかりやすく困った顔になったが、俺が先に財布から新幹線の領収書を取り出してテーブルに並べると観念したようだった。バッグに手を伸ばして開ける。几帳面に折り畳まれた旅館の領収書が出てくる。

「あの、ワイン代は割り勘にするとしても、旅館の分は五万円で計算してください。プランが変更されていたなんて、鳴宮さんはご存じなかったんですから」

藤間さんは、どうやらそれを気にして、こちらが言い出さなければ俺より三万円ちかくプラスで払うつもりでいたらしかった。真面目というか、ここまでくると、自己犠牲の精神にちかいのではないか。

「藤間さんも知らなかったでしょう。サプライズだったんだから」

「でも、ご迷惑を……」

「旅館でも言いましたが、迷惑は被《こうむ》っていません。そんなこと言ったら、あのケーキを食ったのはほぼ僕ですし、飲んだワインの量も多かったはずです。ぜんぶ足して六対四にしましょうって提案したら、あなた呑みますか？」

「それって六が」

「僕です」

「それは、だめです」

「なら割り勘でいいですね」

彼女は情けなそうに唇を尖らしたものの、渋々頷いた。俺は二枚の領収書の金額を足してきっちり半額を割り出した。本来、俺は金に細かくないほうだ。だいたい俺は藤間さんより歳上の、しかも男なんだから、本当に六対四でも、もっと多く支払ってもかまわなかったのだが、この感じだと、藤間さんは絶対に容認しないだろう。こういうとき、一円単位まで細かく計算しても小銭が出ないで済む決済アプリは便利だと思う。俺がアプリで送金すると、彼女は悲しげにスマホの画面を見つめ、「すみません」とつぶやいた。

「むしろ行ってよかったですとか言ってもらえたほうが、僕としては嬉しいんですが」

俺は言った。藤間さんは、こちらの言葉を呑み込もうとするときに彼女が浮かべる、独特の表情になった。

「……行ってよかったです」ゆっくりと藤間さんは言った。「私ひとりでは、たぶんできなかったので、行けてよかったです。鳴宮さんにはとても感謝しています。だから……」

藤間さんが唇を嚙む。俺たちは数秒だけ見つめ合った。俺は微笑む。

「食べましょうか」

そう口にしてから、自分はいま、もっと違うことを言いたかったのではなかったか、と思った。

藤間さんは、はい、と返事をすると、今度こそお手拭きの袋を開封し、ていねいに手を拭いてからビニール袋に入れた。サンドウィッチの包装を開けると、剝がした包装も袋に入れた。何事も片付けながらやる人なのだ。彼女がこちらの視線に気づく前に俺は弁当に向き直り、十分ほどで空にしてしまった。自分がものすごい勢いで、昨日遠ざけたもののところに帰っていくのを感じる。朝から見ていないスマホを、もうすぐ確認しなくちゃいけなくなるだろう。仕事の話に飲みの誘い、ゴールデンウィークはどっか行こうよ、みんなで集まってバーベキューでもしてさ、壮平も来るだろ……。俺は目を閉じて、そうだよな、と思う。それも別に楽しいんだよな。でも、それならいま自分が感じているこの気怠《けだる》さはいったいなんなのか。

二時五十二分、東京駅着。

藤間さんは、ごみを綺麗にまとめたビニール袋をバッグにしまって立ち上がった。乗客が忙しく行き交うホームに降り立った瞬間、ああ、帰ってきてしまった、と俺は実感した。藤間さんがこちらを振り返って見上げてくる。この人はもう、俺を警戒すべき相手とはみなしていない。昨日との違いはその点だけだ。俺になにも求めていない、なにも期待していないのは、変わっていない。

「ありがとうございました」

彼女はそう言って、深々と頭を下げた。

「いえ、こちらこそ」俺は笑顔を作る。「ありがとうございました」

藤間さんが顔をあげる。彼女はかすかに微笑み、さようなら、と口にすると踵を返した。今度どこかで飯でもとか、何線で帰るんですかとか、なにかのきっかけになりそうな台詞を思いついてはいたくせに、俺はなにも言えなかった。藤間さんの口調があまりにもきっぱりとしていたからだろうか。二度と会うことはないと、確信しているかのように。

彼女はこちらを確かめることもなく、階段の人混みの中に消える。

俺はスマホを取り出し、メッセンジャーアプリに二十件ほど連絡が溜まっているのを確認して、息を吐いてポケットに戻した。そばでも食うか、とひとりごちる。日常に戻る前に、それくらいの時間は必要な気がした。一段飛ばしで階段をくだり、人でごった返す駅構内を眺めると、自分が昨日とは別人になってしまったような感覚に陥って、俺は小さく笑った。

2

流れる浮雲

「おひさしぶりです。ひとつ確認したいんですけど、藤間さんって、犬、お好きでしたよね？」

それが、四ヶ月ぶりに連絡してきた鳴宮さんの第一声だった。

「え？」

自宅のソファにいた私は、スマホを耳に当てたまま、混乱して訊き返した。部屋の中を見回し、自分がおかしな夢をみているわけではないことを確かめる。

「犬を触ったりするの、大丈夫ですか？　抱っこできます？」

スマホ越しに鳴宮さんが繰り返す。私は戸惑いつつも、「はい、好きです」と答えた。どういう話の流れなのかわからない。春の記憶を掘り起こしてみても、この人と犬について話したことなんてなかった気がするのだけど。

よかった、と彼は息を吐いた。

「突然なんですが、明日空いていませんか」

「明日？」

「ちょっとですね、祖母をお墓参りに連れていかなきゃいけなくなったんですが、一緒に来てくれる人を探しているんです。遠いんですよ。僕が運転していきます。朝イチで出発して、三時か四時くらいには都内に戻ってこられると思うんですが」

祖母、お墓参り、運転、そして犬。私はそれらの単語をうまく繋げられない。だけど鳴宮さんの声を聞いたら、春、旅館で目を覚ましたときのあの感覚が、ありありと蘇った。よく知らない男の人と同じ部屋で眠り、指一本触れられることも、怖い思いをすることもなく朝を迎えた。温泉は気持ちよくて布団はふかふかで、あんなふうに熟睡できたのは、正則《まさのり》が死んでから初めてのことだった。

私が起きたとき、鳴宮さんはすでに身支度を整えて広縁にいた。あの旅を思い出すとき、彼は常にそこにいる。窓際で、カップを手に立っていた。コーヒーを飲む男の人を綺麗だと思ったのはあれが初めてだ。おはようございます、と言って彼は微笑んだ。寝ぼけた頭で現状を理解し、おはようございます、と返したとき、私はなにかと新しい契約を交わしたような気がした。これまであることを知らなかった世界が、あの瞬間、一気に目の前に広がったみたいだった。日常は続かない、信じていたものは裏切るし、人は突然死ぬし、どんなに慎重に、なるべく正しいことをして生きてきたところでなにもうまくはいかないけれど、半ば自棄《やけ》になり、どうしようもなくなって旅に出た先で、こんなに救われた気持ちになることもある、と。

鳴宮さんがヨーロッパ旅行の話をしてくれたときにもそう感じた。ここではないどこか遠い場所には、私の知らない種類の幸せがあるのかもしれない。その予感は、自分を少しだけ自由にしてくれたと思う。

「――よくわからないんですけど、明日、一緒にどこかに行くってことでしょうか?」

「そうです。千葉県に行きます。目的地はチーバくんの耳のあたりですかね。今回は完璧に僕の用事なので、付き合っていただけたら、なにかお礼をしますよ」

迷ったのは一瞬だった。気づいたら私は答えていた。

「私でよければ」

よかった、と笑みの混ざった声で鳴宮さんが言う。この人の口調は柔らかい。二回しか会ったことがないのに、なつかしいと感じる自分を不思議に思う。

家まで迎えにいきましょうかという申し出は、わざわざ悪い気がして断った。渋谷で拾ってもらうことになる。動きやすい服装がいいです、と鳴宮さんは言い添えた。暑さ対策と、あと死ぬほど蚊がいます、虫除けスプレーは僕が持っていくので……。私は「はい」と「わかりました」しか言わなかった気がする。こんなにひさしぶりなのに、まるで昔からの知り合いを相手にするように話を進めることのできる鳴宮さんは、やはりすごいと思った。

「じゃあ明日の七時半に。早くてすみませんね、よろしくお願いします」

最後に彼がそう言って、電話は切れた。

私は自分ひとりしかいない空間にふっと戻される。築二十二年のマンションの、やたら稼働音が大きいくせに効きの悪いエアコンの下、いつまでも蒸し暑い狭い部屋の中に。引っ越そうかな、とここのところずっと考えている。でも、それなら転職を先にするほうがいいだろう。新しい職場が決まってから、通いやすい場所に家を見つけるのが順当だ。

引っ越しも転職も結局は、どこかに行きたいという願望の現れだと、自分でわかっていた。どこかに行きたい――春にそうしたように。

たった一本の電話に出ただけで、それが思いがけず明日叶うことになったのだ。

お盆なのに実家に帰らなかったのは、両親には死んだのではなく「別れた」ことにしている正則について、母と話すことになるのが目に見えていたからだ。かといってこの家にいたらいたで、いろいろ考え込んでしまう自分にうんざりしていたけど、ここに残っていてよかったと私はいまさらほっとした。さっきの電話を実家で受けていたら、断らざるを得なかっただろう。

調べてみると、明日の最高気温は三十四度、快晴ということだった。お盆期間の暑すぎる日曜日なんて、普段の私だったら、できる限り外に出ないようにして過ごすはずだ。それなのにわくわくし始めている自分が可笑《おか》しかった。ここのところ抜きがちだった朝食を、明日はきちんと食べていこう。動きやすい服装がいいということは、きっと歩くのだ。貧血になって迷惑をかけるわけにはいかない。飲み物も用意して、酔い止めも服《の》んでいく。具体的にどこに行くのか、お祖母さまはどんな方で、どうして犬が出てくるのか、以前だったらメッセージを送って、もっと詳細を尋ねていたかもしれない。そうしたい気持ちはいまもある。でも、しない。

——別にそんなに細かいことは気にしなくてもいいでしょう。

春、図書館で向かい合い、私の顔をじっと見て、鳴宮さんは言った。そうできたらいいと、あのとき私は思った。この人のように、それを許容できる人になりたいと。

晩ごはんはいらないかな、と思っていたけど気が変わり、私はサラダを作って軽めの夕食にした。ひさしぶりにゆっくりと湯船に浸かって、遠足前日みたいな気分のままベッドに入った。

翌朝は、六時四十分に家を出れば間に合うのに、五時半に目が覚めた。カーテンを開けるとあまりにいい天気で笑ってしまった。日焼け止めはしっかり塗りつつも、化粧は眉を描くだけにとどめる。どうせ汗で落ちてしまうだろうし、鳴宮さんはすでに私のすっぴんを見ているので、いまさら取り繕っても仕方ない。服装は、Ｔシャツにジーンズ、車内が寒い場合に備えてカーディガンも用意する。正則に「おばさんみたい」と笑われたことのある水筒には黒豆茶を入れた。本当に遠足みたいと思いながら、トートバッグに荷物を詰める。もう少し早めに予定がわかっていたら、私はきっと、リュックを買いにいっていただろう。

待ち合わせは、ヒカリエの近くにある大きなビルの駐車場だった。どうしてここなんだろうと思ったけど、一般人がスクランブル交差点でだれかを乗せるなんて難しそうだし、きっと都内を運転し慣れている人にはわかるポイントがあるんだろう。

知らないビルだったから少し早めに家を出たら、七時十分にはもう着いてしまった。駅から十分ほど歩いただけなのに出てくる汗をハンカチで拭いつつ、この広そうな駐車場のどこにいればわかりやすいかしらと悩んでいると、白のＳＵＶがすぐ横を通り過ぎ、空いているスペースにすっと停まった。運転席から降りてきた鳴宮さんは黒いサングラスをかけていて、芸能人みたいに見えた。というか、この人は実際に芸能人なのだった。私は芸名を知らないし、テレビや雑誌で見かけたこともないけれど。

「早く来てるんじゃないかと思ったんですよ」

鳴宮さんはそう言って笑った。まだ七時十七分だ。おひさしぶりです、と私は会釈《えしやく》する。彼はサングラスを外すと褪せたような紺色のＴシャツの襟に引っかけた。ベージュのチノパンにスニーカーというラフな恰好で、春のときと同じようにシンプルだ。この人が本当に役者なのか私にはわからないけど、とても均整の取れた身体つきをしていることは間違いないと思う。どこであろうと、その身ひとつで、場に自然に馴染む方法を知っている。

「今日は突然すみません。藤間さん、おばあちゃんっ子だって言ってましたよね」

少々気まずさを覚えつつも、はい、と私は頷いた。いつ言ったのかといえば、火葬場の喫煙所で、正則が自分の祖母と私を会わせようとしていた話をしたときのことだ。あの日の私は、よく喋った。喋りすぎた。その上泣いてしまった。恥ずかしいので忘れてほしいけど、この分だと、鳴宮さんはいまだに細かいところまで覚えているらしい。

「昨日も少し話しましたけど、祖母が祖父の、つまり自分の夫の墓参りに行きたいと、ずっと前から言っていたんです。お盆になったら姉一家が連れていく約束だったのに、昨日になって突然ジョーが……、姉の夫でアメリカ人なんですが、彼に急な仕事が入って無理になったんです。霊園は遠いし祖母はろくに歩けないし、祖母を連れ出すときは必ず犬もついてくるしで、なかなか他人に頼めるものでもなくて、僕に役目が回ってきました。お前なら暇だろうって」

なるほど、と私はつぶやき、車に視線を向ける。窓にはフィルムみたいなものが張ってあるようで、後部座席はほとんど見えない。あの喫煙所で、私ほどではないけれど、鳴宮さんも自分についての話をしてくれた。実家の会社を継がずに役者になったせいで亡くなったお父様と不仲だったこと、代わりに経営を引き継いだお姉さんともやはり不仲なこと、待合室にいると親族から非難がましい目を向けられること、お父様が炉に入るときに考えていたという映画の話……。

「お祖母さまとは仲がいいんですか」

私が尋ねると、はい、と言って鳴宮さんは微笑んだ。

「名前は鳴宮キヨノ、八十九歳です。犬は彼女の膝に乗っていて、ポメラニアンとチワワのミックスで、名前はポム、メス、十三歳です。要はどちらも途方もなく年寄りで、同じくらい耳が遠く、同じくらいぼけています」そこまで説明すると、彼は片目を細める。「あの、電話したときは忘れていたんですが、祖母は似たような話を繰り返すくらいで基本的には無害なものの、その場に僕と若い女性がいると、必ず、その人に僕との交際や結婚を勧めるんです。藤間さんにその手の話題を振って申し訳ないんですが……」

バツが悪そうに言われて、大丈夫です、と私は答えた。実際、この数ヶ月で学んだのは、なにも知らない人の無神経はあまり応えないということだった。多少なりとも事情を知っている人の見当違いの気遣いのほうが、ずっと傷つく。

「断ってもそのやり取り自体をすぐに忘れるので、たぶん今日、何十回もやられると思いますが、気にしないでいただけると助かります」

「わかりました」

私は微笑んだ。鳴宮さんがほっとした顔になる。

「あとはおそらく、昔話や身内の話を延々とします。わからなくても聞き流してください」

「はい。でも、あの、なにかすることがあるから、呼ばれたんじゃないですか?」

「霊園でポムを運んでくれる人が欲しかったんです。老犬でそんなに歩けないし、歩けたとしても、この炎天下では死んじゃいそうなので。僕は祖母をおぶるので、藤間さんはポムをお願いします」

「お祖母さまをおぶるんですか?」

私がびっくりすると、鳴宮さんは苦笑した。

「行けばわかりますが、ずっと階段で、車椅子じゃ無理なんですよ。そしてポムは、祖母と一緒にいさえすれば、ぬいぐるみみたいに大人しいんですが、彼女がいなくなると、かわいそうなくらいに動転するんです。一心同体でね。これもすぐにわかると思います。トランクに入れるものはありますか？」

私が首を横に振ると、彼は助手席のドアを開けてくれた。車内はエアコンが効いている。足元に荷物を置いて振り返ったら、キヨノさんは助手席の真後ろに座ってにこにこしていた。小柄で瘦《や》せていて、染めたのではないかと思えるくらい素晴らしく綺麗な白髪で、小花柄の白ブラウスに、レモン色のパンツを合わせている。お金持ちの上品なおばあさま、という感じがした。膝の上には、鳴宮さんの言ったとおりポムが座っている。チワワの目とサイズ、ポメラニアンの毛並みを受け継いでいるようで、その白くてふわふわの毛は、驚くほどキヨノさんの髪の色と似て見えた。口からはみ出した舌で、は、は、は、と呼吸をしている。穿《は》いているオムツにマジックで「ポム」と書かれているのが可愛らしい。

「はじめまして」

私は言った。キヨノさんは、どなただかまったくわからないけど、という目をして、「はじめまして」と応じた。私は思わず微笑む。おばあちゃんっ子というのは本当だ。ちいさな頃、私は祖父母の家のすぐ近くに住んでいて、しょっちゅう遊びにいっていた。祖父が先に亡くなり、しばらくして祖母は、キヨノさんのようになった。いろいろなことを忘れてしまった老人の瞳がみな似通うのはどうしてなんだろうか。優しくて無邪気で、透明な。

「おばあちゃん、こちら、藤間紗奈さん。おじいちゃんの墓参りの手伝いに来てくれたんだ」

運転席に戻った鳴宮さんが言う。さすがよく通る声だと感心した。

「さなちゃん」キヨノさんがつぶやく。「しょうちゃんのガールフレンド?」

鳴宮さんは「ほらね」とでも言いたげな視線を、一瞬だけこちらに向けた。

「友達!」

彼は大声で返してサングラスをかける。キヨノさんと話すときの適切なボリュームがそれらしい。シートベルトを、と言われて慌てて装着する。鳴宮さんは、入ってきたときと同じようにスムーズに駐車スペースから車を出すと、「ここ、三十分まで料金かからないんですよ」と私に説明した。

「なんでしょうちゃんは結婚しないの」

後ろでキヨノさんが言う。彼女の声もまた大きい。

「相手がいないからだよ」

「さなちゃんは結婚してるの」

「いいえ」私は上半身をひねり、できるだけはっきりと答える。「していません」

「しょうちゃんはいい子よ。テレビに出る仕事をしているの。コマーシャルにも出てるんだから」

駐車場を出た鳴宮さんはため息をつき、「一生あの話をするつもりじゃないかって思うんですよ」と囁いた。

「それは、お孫さんがテレビに出たら嬉しいんじゃないですか」キヨノさんに聞こえないよう、私も声を落とす。「というか、そういうお仕事もされてるんですか」

CMに出るのはすごい、気がした。私は映画や舞台をほとんど観ないので、そちらの方面での仕事なら知りようがないけれど、ＣＭに出るというのは、不特定多数に届くということだ。鳴宮さんは、いいえ、と苦笑した。

「十年くらい前に一度だけですよ。メインキャストの部下役でしたが、そのメインが不祥事を起こして干されたので、もうそのＣＭはどこでも観られません。でも、祖母の年代の人たちにとっては、テレビに出るのって衝撃的なことだったみたいでね。当時も流れているところを見つけるたびに実家に電話をかけてきて大変でした」

　鳴宮さんの年齢を、私はよく知らない。でもきっと、十年前なら二十代半ばくらいだろうと思う。「自慢のお孫さんですね」私はキヨノさんを振り返って言う。「そうなの。ボーイフレンドにぴったりよ」というのが彼女の返答だった。鳴宮さんが目をぐるりと回し、私はその外国人みたいな仕草を新鮮に感じる。この人の挙動からは、ときどき外国の気配がすると、出会ったときから思っていた。

「高速に乗ります。祖母はトイレがちかいので、何度かパーキングエリアに寄ります。時間はかかりますが、特に補助はいりません、ご心配なく。ただ、その間ポムが半狂乱になるので、僕か藤間さんが抱いている必要があります」

「会ったばかりの私が抱っこしても大丈夫なんですか？」

「祖母以外ではだれでも似たようなものなんですよ。でも、嚙んだり吠えたりするわけではありません。ひたすらその場でぐるぐる回り、きゅんきゅん鳴きます。抱っこすると、腕の中で震えながらやっぱり鳴きますが、多少マシになります。十時台に霊園に着くのが目標で、一時間ほどかけて墓参りして、ランチして帰ります」

わかりました、と返事をした。なんだかとても嬉しくなって、それが表情に出ないように自重しなければいけなかった。四月、東京駅で別れたときは、私はもう少し緊張していた。一泊二日を過ごし、鳴宮さんが怖い人ではないことはわかったけど、よく知らない人――、私がいままで知り合ってこなかったタイプの人だということに変わりはなかった。あの旅行で、鳴宮さんにとってなにか面白い出来事があったとは思えない。予想していたとおりその後彼から連絡はなく、私も鳴宮さんに連絡すべき事柄なんてなにもなくて、時間が経つほどあの旅行は、私の中で夢の記憶みたいになっていった。今日会ったらやはりぎこちない空気になるかもしれない、と本当は心配していたのだけど、そうだった、鳴宮さんは、だれとでもすぐに自然体で話せる能力を持っているのだった。なにをしてもいいし、どうなったってそう気にすることはない。この人からはそういう寛容さを感じる。もちろん、私があまり緊張しないで済んでいるのは、キヨノさんとポムのおかげもあるだろう。私の祖母も、祖父を亡くしてからは柴犬に似た雑種犬と暮らしていた。そっくりなのだ。

「おばあちゃん」鳴宮さんがミラー越しに後部座席に視線を向ける。「おじいちゃんに会いにいくんだから、おじいちゃんの話をしてあげたら」

私は振り返り、「お願いします」と軽く頭を下げた。キヨノさんのつぶらな瞳がきらきら光り、その反応だけで、この人は旦那さんのことが大好きだったんだろうなとわかった。ポムは猫みたいに丸くなり、彼女にもたれかかって眠ろうとしている。ピンクの舌が口からちょろりと出たままだ。あとであの子に触らせてもらえるのが、いまから楽しみだった。

キヨノさんの話は戦後に彼女が通っていたという女学校時代まで遡《さかのぼ》り、私の頭の中で、それはセピア色の映像で再生された。出会いは日本舞踊の教室で、お互い一目惚れだったけど、相手にはお見合いの話がきていて……、という、なかなかドラマティックな展開で、人名やら場所の名前やら、大量の固有名詞が出てきてちょっと混乱する以外は面白かった。

キヨノさんは、昔話をするときは驚くほど細かいところまで、臨場感たっぷりに話してくれたものの、途中で目を丸くして私を見つめると「ごめんなさい、お名前はなんだったかしら」と首を傾げ、「しょうちゃんのガールフレンド?」「旦那さんはいらっしゃるの」という確認を、鳴宮さんの事前の警告どおり繰り返した。藤間紗奈です。友達なんです。いいえ、結婚はしていません。私はその度にそう回答し、それでも自分がさしてダメージを受けないことを発見した。むしろどんどん安らかな気持ちになっていくようだった。鳴宮さんを友人と呼べるかどうかは脇に置いておくとしても、私が藤間紗奈という名前で、独身で結婚する予定もないというのは、特に悲劇的な境遇ではなく、単なる事実だ。それ以上でもそれ以下でもない。

高速に乗って最初にあったパーキングエリアに、鳴宮さんは入った。車を駐めると、彼は慣れた様子でトランクから折り畳み式の簡易車椅子を取り出して広げた。キヨノさんが乗る間はポムを預かり、彼女が座るとポムをその膝の上に戻し、トイレまで押していく。女子トイレの中まで押していくなら私の出番だと身構えていたものの、車椅子はトイレの前で止まり、鳴宮さんが再びポムを抱えると、キヨノさんは自ら車椅子を降りて、ゆっくりと自力で歩いた。飼い主が離れていくからか、ポムが早速哀れっぽい鳴き声をあげはじめる。身長が百八十センチを超える鳴宮さんの小脇に抱えられると、ポムは本当にぬいぐるみのようにちいさく見えた。

「こういう感じですね。藤間さんも行かれるならどうぞ」

鳴宮さんがトイレ前のベンチに腰をおろして言う。私は首を横に振り、少し離れて隣に座った。

「……ポムに触ってみてもいいですか」

どうぞどうぞ、と彼が答える。ポムの鼻先に手を伸ばしてから、私はそっとその背中に触れた。細かく震えている。体温が高いなと思った。犬は好きだけど、身近に飼っている人がいないので、この感触はとてもひさしぶりだ。

「来たこと後悔してます？」

鳴宮さんがサングラスを外し、襟に引っかけながら訊く。ベンチは日陰にあっても蒸し暑いことに変わりはなく、彼の首筋にはすでに汗が伝っていた。

「いいえ、全然。素敵なお祖母さまですね」

私は心からそう答えた。鳴宮さんがにこりとする。春のときよりも打ち解けた雰囲気があるように感じた。私が以前より警戒していないからか、それとも彼も祖母がいて嬉しいのか。

「よかった。来ていただけて助かりました。ほかにだれもいなかったんですよ」

そんなことはないだろう。この人は絶対に知り合いが多い――少なくとも私よりはたくさんいる――タイプだ。そう考えているのが顔に出ていたのか、「信じていませんね」と言って鳴宮さんは片目を細めた。

「たしかに姉にもね、あんた知り合いだけは多いんだからどうにかなるでしょうって押し付けられたんですが、僕の知り合いってみんな僕を――」彼はそこでなにか言いかけ、やめたようだった。「僕の芸名しか知らないんですよね」

芸名、と私はつぶやく。鳴宮さんには、役者としての名前があるのだ。春の旅館で尋ねたけど、教えてもらえなかった。

「祖母は見てのとおり、頼んだからといって、僕を芸名で呼ぶなんて真似はできないでしょう。まあ、みんな気のいいやつらだから、声をかければだれか応じてくれて、一日くらいうまくやってくれただろうとは思いますが。でも、普段違う名前で接している連中に、実は本名は庄吾っていうんだなんて告白をいまさらして、祖母がするであろう鳴宮家代々の話なんかを聞かれるのは、漠然と気乗りしなかったんですよね。それで鳴宮庄吾の知り合いってだれだっけと考えたわけです」

私は彼を見つめた。「ほかにいなかったんですか？」

「いませんね」鳴宮さんは苦笑した。「さすがに僕もね、会うのが三回目の方に、こんな親族行事に付き合わせるのは悪いかなと迷ったんですよ。でもまあ、そもそも初対面が火葬場でしたし、前回もなかなかにプライベートな行事だったし、藤間さんなら大丈夫そうな予感がして」

彼は「当たってよかったです」と結んでにやりとした。私はポムに視線を向けるようにして目を逸らす。死んだ恋人とするはずだった旅行に代理で行く、というのは、たしかにこれ以上ないほどにプライベートだったたと思う。

「……芸名のときの鳴宮さんって、いまとは違う人みたいなんですか？」

ポムを撫でながら私は尋ねた。どうでしょうね、と彼はつぶやく。

「基本的には同じつもりなんですけどね。あっちのほうが適当かもしれないな」

鳴宮さんはそう言って笑うと、ポムを持ち上げて私の膝の上に乗せた。軽くて温かくて震えている。鼻がひくひくして、心なしか震えが強くなったように感じた。

「ちょっとお願いしていいですか。飲み物を買ってきます。藤間さんはなにがいいですか？」

「あ、私は持ってきたので大丈夫です」

「ポムはもう目も耳も悪いので、ほぼ匂いだけで生きてるんですよ」立ち上がった彼は、ポムの頭に手を置いて言う。「そのうち藤間さんにも慣れます。落ち着きがなくなって、尻尾を振り始めたら祖母の匂いを嗅ぎ取った合図です。まだ帰ってこないと思いますが、もし出てきたら、ここで待っていてください」

　はい、と私は返事をした。鳴宮さんの背中はあっという間に遠ざかり、混み合う売店の中へ消える。歩幅の広い人だ。

　深呼吸して、雲ひとつない青空を見上げる。

　遠出は春以来で、ドライブなんてもっとひさしぶりだった。私は免許を持っていないので、車で出かけるのはだれかに連れ出してもらったときだけなのだ。この前は、正則と木更津のアウトレットモールに出かけた。彼は免許を持っていたけど車は所有せず、必要になればシェアカーを借りた。帰り道で渋滞にハマり、やっぱり出かけるのって疲れるよな、と都内まで帰ってきてから彼がつぶやいたのを覚えている。

　私たちは基本的に遠出しない、外泊なんて滅多にしないカップルだった。正則は仕事が忙しく、貴重な週末にわざわざ混んでいる場所に出かけて時間を浪費するよりも、家でまったりしたいといつも言っていた。私も異論はなかった。自分たちには、静かで、平和で、穏やかな休日が合っていると思っていた。

そんなふうに思っていたのだけど。

——正則さんがいなくなってから、投げやりになってる気がする。

昨日、ひさしぶりにお茶をした友人に言われた。彼女は心配そうにこちらを見ながら、前はそんなふうじゃなかったよ、と続けた。もっと慎重だったじゃん。

——紗奈がショックを受けたのはもちろんわかるけど、いまは転職とか引っ越しとか、大きな決断はしないほうがいいかも。

うん、そうだね、ありがとう。私はそう返した。我ながら心のこもっていない声だと思った。友人もそれを感じ取ったようで、ただし彼女は気分を害したふうではなく、どちらかと言えば、憐れみのこもった目で私を見つめた。

かわいそうだと、友人に思われるのは悲しいことだ。

彼女が知っているのは、正則が交通事故で死んだこと、その少し前に浮気が発覚し、もう二度としないと誓っていたこと、それだけだ。彼の死後になにが起こったか、私は友人たちのだれにも話していない。正則のお葬式に浮気相手の子が来てね、まだ別れていなかったことがわかったんだ、なんて、どんなふうに話せばいいのかわからない。いまよりもっと不憫《ふびん》に思われるのも嫌だった。ただですら、会うたびに同情されるのが疎《うと》ましくて、なるべく人と会わないようにしているというのに。

自分はひどいな、と思う。彼女たちは私のことを考えてくれているからこそ、あんなふうに感情を動かしてくれるのに。そしてそう思うたびに思い出すのは、葬儀場の廊下で泣きながら私に詰め寄ってきた、あの女の子の声だ。

──先輩はあんたと別れたがってたのに、あんなつまんなくて冷たい女はもう嫌だってずっと言ってたのに、どうしてあんたが婚約者面《づら》して最後まで先輩の傍にいられて、私はだめなの？　私のほうが先輩を好きだったのに！

正則は学生の頃、スキーのサークルに入っていた。そのサークルの仲間たちが葬儀に参列していたことは、私も知っていた。だけど私は、そのさらに一ヶ月前に発覚していた彼の浮気相手が、サークルの後輩だとは知らなかった。「友達と、酔った勢いで、一回きり」正則はそういう説明をした。私だってそれを丸ごと信じたわけではない。ただ、どこのだれとどこまでしたのか、厳しく問いただすような気力がなかったのだ。彼にタブレット端末を借りていたときにたまたま送られてきた下着姿の女の子と一緒にいる写真、それに添えられた彼女からの「だいすき」のメッセージを見たときに私が思ったのは、この男の人はだれだろう、ということだった。三年ちかく、特に大きなケンカもなく、互いの家族に認知される程度に親しい関係を築いている恋人と、知らない女の子の隣で笑っている正則が同一人物だと、私はうまく認識できなかった。男の人に浮気をされたのは──、少なくとも、気づいたのはあれが最初だった。あなたが別れたいなら別れるよ、と私は言った。正則は首を横に振った。次に同じことがあったら別れようね、と私は続けた。次があったら、私はあなたを、もう知っている人だとは思えなくなるから。

──次なんてない、一生ないから許してほしい。

彼は沈痛な面持《おもも》ちでそう言った。正則が、面倒な遠出をしてまで自分の祖母に私を会わせようとしたのは、フォローのつもりもあったのだと思う。でも、同時に浮気も継続していた。私にはその気持ちがどうしてもわからない。訊けないことがもどかしい。そして、結婚まで考えていた人が死んで一番に抱く感情が、愛しいでも悲しいでもなく、怒りですらなく、知りたい、である自分は、やはりなにかが欠落しているのではないか。

「混んでました」

顔をあげると、鳴宮さんが戻ってきていた。頭の中で、もし自分が正則と春の旅に出ていたら……、という想像をし始めていた私は、実際にあの旅に同行してくれた鳴宮さんを見て、ゆっくりと現実に戻ってきた。彼は左手にビニール袋をぶらさげている。右手にはどこからかもらってきたらしい紙コップを持っていて、それに二リットルのペットボトルから、ミネラルウォーターを注いだ。鳴宮さんがコップをポムの口元に押しつけると、ポムはおずおずと首を伸ばして飲んだ。ちゃ、ちゃ、ちゃ、という音がして、私は太腿に振動を感じる。ポムが水を飲み終えると、鳴宮さんは立ったまま、巨大なボトルから直接水を飲んだ。彼の長い首筋と、ごく、ごく、と動く喉元を見上げ、スポーツ飲料のＣＭみたいだと私は思う。

「藤間さんも見てきたらどうですか」

「あ、いえ、大丈夫です」

「次の休憩所のほうが規模が大きいんだっけな……。でも、ここにも名産品とかスナックとかありましたよ。興味ありません？」

気を遣われているのだと、私は唐突に気づいた。「じゃあ、ちょっと見てきます」ポムを差し出しながら立ち上がると、鳴宮さんは、片手でポムを受け取った。

「別に行かなくてもいいんですよ」

彼が言う。私は笑みを返して「いってきます」と答えた。こんな意味不明なタイミングで泣き出しそうになっていることを気づかれないようにと願いながら。

入った売店はエアコンが効きすぎて、冷蔵庫の中にいるようだった。私は外との温度差に震えつつ、一応名産品やご当地キャラのグッズなんかを見て回った。スナック菓子やドリンク類のほか、レジ横にはソフトクリームも売っていて、子連れのお客さんが列を作っている。忙しないけれど楽しげな、旅先の雰囲気溢れる店内で、私はなんとなく迷子みたいな気分になった。

鳴宮さんはどんなふうにここで買い物をしたんだろうか。大股でずんずん入ってきて、好きなものをカゴに入れ、さっさと会計を済ましたのだろう。ポムの紙コップは、レジの傍にあるコーヒーコーナーでもらったのかもしれない。

春のときと同じだ、と息をつく。私は鳴宮さんが羨ましかった。旅行中、私は何度も困惑したけど、あの人はしていないかった。客室に通されたときも、私は自分がどうしてこんなところに来たのかわからなくなって内心大混乱に陥《おちい》ったけど、鳴宮さんは昔からの常連客のように落ち着き払っていた。一番驚いたのは、正則のサプライズにすら、平気な顔で対応した瞬間だった。私は一瞬、鳴宮さんが旅館の人となにか取り決めでもしていたのかと勘違いしたくらいだ。彼が役者だからあんなことができたのか、それとも、そういう性格の人だから役者になれたのか。だれになんと呼ばれても、どう扱われても揺らがないのかと思っていたから、芸名で付き合っている人に本名を知られたくないという話は意外だった。

鳴宮さんが、芸名で活動しているときのことを想像してみる。

姿かたちが一緒でも、私は、その人とは知り合いではない。向こうも私のことを知らない。彼は藤間紗奈なんて人物とは会ったこともなく、お祖母さまをお墓参りに連れ出すこともせず、もっと適当に――、というより、きっと、もっと自由に生きているのだ。不仲だったお父様や、自分のことを嫌っているお姉さんとは無関係なところで。

いいな、と思う。

私も自分に違う名前をつけて、その人として生きてみたい。つまらなくて冷たい藤間紗奈ではなく、別の、もっと優しくて強い人になりたい。あるいはせめて、パーキングエリアの駐車場で、突如自分の孤独に気づいて立ち尽くすことのない人になりたい。

私は売店で、自分の欲しいものを探そうとした。なにもなかった。とりあえず目についたのど飴だけを買って外に出たら、今度は外気の蒸し暑さにくらくらした。ベンチまで戻ると、ちょうど鳴宮さんがキヨノさんを車椅子に座らせている最中だった。キヨノさんの足元ではポムが千切れるほどに尾を振りながら、早く彼女の膝に乗ろうと必死に飛び跳ねている。

「おかえりなさい」こちらに気づいて鳴宮さんが言った。「なにか買ったんですか?」

「のど飴です」私が答えると、キヨノさんが顔をあげ、「こんにちは」と明らかに初めて会う人物を相手にしたときの口調で挨拶をした。こんにちは、と私は微笑みかける。

「しょうちゃんのガールフレンド?」

「友達です。藤間紗奈といいます」

「さなちゃん。今日は暑いわねえ」

さなちゃんと呼ばれると、自分がとても幼くなったように感じた。お盆だからおじいちゃんのお墓参りについてきてくれるんだよ、と鳴宮さんが説明を繰り返す。遠いのにありがとうねえ、とキヨノさんが膝の上のポムに頬を舐められながら言う。

「鳴宮さん」

「はい」

「私も後ろの席に座っちゃだめですか」

彼のサングラス越しに目が合い、私は自分の発言が失礼に捉えられた可能性に思い当たった。

「あのそうじゃなくて、キヨノさんと話すときに……」

「わかってます」鳴宮さんはすぐに笑った。「真後ろだから辛そうだなって、思ってました。ぜひ、そうしてあげてください」

車に戻ると、車内の涼しい空気はほぼ失せていた。ポムとキヨノさんがまず乗り込み、「お隣いいですか」と断ってから、私も後部座席に座った。運転席の真後ろだ。鳴宮さんは車椅子をトランクにしまってから車に乗り込み、エアコンをつける。

「どら焼き食べる？」

彼に問いかけられると、キヨノさんは目を輝かせた。

「食べる！　さなちゃんのは？」

「あるよ」

鳴宮さんがビニール袋からどら焼きを取り出し、それぞれに渡してくれる。お礼を言って受け取ると、彼はちいさく笑い、祖母の好物なんです、とつぶやいた。鳴宮さん自身もひとつ食べようとしているようで、がさがさと音がする。

「さなちゃん、お茶を開けてくれる？」

キヨノさんに頼まれて、私はカップホルダーにあった緑茶のペットボトルの蓋《ふた》を開けて彼女に渡した。キヨノさんは皺《しわ》だらけの手でボトルを持ち、ゆっくりと飲む。

「しょうちゃん、ポムも喉が渇いたかもしれないね」

「トイレ行ってる間に水をやったよ」

「おやつは?」

「……どら焼き?」

あらまあ。キヨノさんは笑いながらどら焼きの包みを開け、自分が食べるよりも先に端をちぎってあげた。あまり食い意地の張っていないらしいポムは、匂いを嗅いでから、ごく控えめにそれを口にする。

「さなちゃんは結婚してるの」

「していません」

「しょうちゃんはいい子よ。孫の中で一番優しいの。テレビに出る仕事をしていてねえ」

早々とどら焼きを食べ終えた鳴宮さんが、短い呻《うめ》き声をあげて車を出した。「何人お孫さんがいらっしゃるんですか」私は訊き返す。

「五人。庄一のところに三人、庄次に二人」

庄一さんというのが鳴宮さんのお父様だということは、さっき学んだ。庄次さんがその弟さんというのも聞いていたし、キヨノさん自身にお兄さんとお姉さんがいることもわかったし、鳴宮さんにはお姉さんのほかに弟さんもいると判明した。会って小一時間でここまで開かされたのだから、一日が終わる頃には鳴宮家の家系図が書けるようになっているかもしれない。

「一番優しいのがしょうちゃんで、怖いのはあきちゃん。ねえ、そうでしょう」

「俺が優しいかはともかく、怖いのは、それで間違いないだろうな」

　運転しながら鳴宮さんが答える。俺、という一人称が新鮮だった。あきちゃんというのは鳴宮さんのお姉さんで、火葬場でも少し話を聞いたから知っている。鳴宮さんも弟さんも、家業を継ぐことにまるで興味を持たなかった。だからお姉さんが会社を継いだのだという。「父には男尊女卑的なところがありましたから、姉には留学を許さなかったんです。だから留学させてもらったのに、ろくに家の役に立とうとしない僕のことが気に入らないみたいで……」と、そんな話をしていた。

「あきちゃんは庄一に似ちゃったからねえ」

　キヨノさんがため息をつき、私はこの人の息子さんが、鳴宮さんと何年も口をきいていなかったお父様だということが不思議だと思った。とはいえ、だれにだって家庭の事情はあるだろう。

「キヨノさん。旦那さんについて、もっと教えてください」

　私が正則について話したくないのと同様に、鳴宮さんはお父様の話題を避けたいだろうと思い、私は話を逸らした。キヨノさんの記憶力が衰えているのを利用しているみたいで少々罪悪感が湧くけれど、どら焼きを食べる手を休めて私を見たキヨノさんの、はにかむようでいて自慢げな表情を見ると、彼女はこの話をするのが好きなのだとわかる。夫の話ができることが幸せなのだ。

私はそんな彼女を羨ましく思う。

「あたしたちはね、お互い一目惚れだったんだ」

　どら焼きはふわふわして、甘く、なつかしい味がした。水筒のお茶を飲みながら、私は安らかな気持ちでキヨノさんの話に耳を傾ける。大部分はさっきと同じ話だったけどかまわなかった。

すでに大筋を把握している分、突然脱線されても混乱しないで済むし、登場人物への親しみも深まる。私はもともと、本ならエッセイが、テレビならドキュメンタリーの類が好きなのだ。現実に留まったままみられる夢――矛盾しているけど、そんな感じがする。あくまで夢なので、自分の身にも起こってほしいなんてことは思わない。だからいまの私が幸福な結婚の話を聞かされたところで傷つくことはない。もう子どもじゃないのだから、自分が王子様と結ばれなくても泣いたりしない。

正則のことがあってから、私に恋愛関連の話をしなくなった友人たちがわかっていないのはそこだと思う。彼女たちの幸福は、別に私を不幸にしない。いまの私に結婚願望なんて欠片もないし、恋愛に対する興味すらも、失ってしまった気がする。

「――それでやっと一緒になれてねえ。六十二年なんてあっという間だった」

ほう、と息を吐いて、キヨノさんがペットボトルに手を伸ばそうとする。私は蓋を開けて彼女に渡した。ポムはキヨノさんと私の間で眠っている。

「あなたには、いい人いないの」

私の顔を見ながらキヨノさんは言った。また名前を忘れられたのかもしれない。この忘却に癒《いや》されつつあることを、私は自覚する。この人は私の悲劇を知らない。私の名前さえ知らない。なにも知らなくて、ただ優しい。

「いないんです」

「素敵なお嬢さんなのにねえ」

キヨノさんは眉を寄せ、残念そうに言う。ありがとうございます、と返して私は微笑んだ。ミラー越しに感じた鳴宮さんの視線には気づかないふりをした。

次のパーキングエリアでも、ほとんど同じことが繰り返された。キヨノさんのトイレは十五分ほどかかる。私と鳴宮さんは交替でポムを抱え、手が空いているほうは自由時間とした。私はトイレに行った後で散歩に出た。ベンチに戻ると二人きりになってしまう。鳴宮さんにまた気を遣わせてしまいそうで嫌だったのだ。

歩くのは暑かったけど、気持ちよくもあった。売店の中は寒くて混んでいるので、山菜や果物を売っている外のコーナーだけさっと見て回り、あとは広い駐車場を、鳴宮さんの視界に入らない方角に向かってぶらぶらした。ぶらぶらする、というのは、最近になって覚えたものだ。私は元々、スーパーで食材を買うとか、モールで洋服を選ぶとか、友達とお茶をするとか、そういう目的があるときにだけ出かけるタイプだった。でも、春の旅行のおかげで、行き当たりばったりに行動するのが、少しだけ好きになった。そこにあるものをただ受け止め、なにもすることがなくなったら持参した本を読む。私はあれ以来、カバンの中に必ず一冊入れておくようになった。今日も『わたしのいるところ』というタイトルの本を持ってきてある。読む時間があるかどうかは問題ではなく、お守りみたいなものだ。

私があまりに喋らなかったせいだろうけど、鳴宮さんは旅行中、ずっと本を読んでいた。広縁の椅子に座って足を組み、左手に文庫本を構え、右手でページをめくるその姿は、コーヒーを飲むときと同じくらい絵になった。帰路に立ち寄った図書館では、彼は絵本コーナーの隅の、子ども向けに設けられているであろう黄色やピンクのクッションがあるところに座った。読んでいたのは英語の本だった。私はほかにやることを思いつけずに、彼に指示されたとおり、本を一冊選び出して読んだ。時間を気にしてはいけない、と自分に言い聞かせたのは最初のほうだけだった。次に顔をあげたら、一時間以上も経っていた。

物語が時間の単位になることを、私はあの旅で初めて知った。

散歩と読書。なにもないところでなにもないままに過ごすこと。それが、私が鳴宮さんのおかげで経験できたことだ。あれから読書は習慣づいてきたけど、もう少し涼しくなったら、散歩にも出ようと決めた。遠出や旅行はまだひとりでできる気がしないけど、近所の散歩くらいなら私にだってできるだろう。

ひと回りしてからトイレの前のベンチに戻ると、鳴宮さんはポムをベンチに乗せて、また水をやっているところだった。

「藤間さん。次の出口で高速をおりたら、霊園まではもう三十分くらいです。あららにもトイレはありますけど、そんなに綺麗じゃなかった記憶があります。あと、うちのお墓は山の上にあるので、階段あがっちゃうと下までかなり遠いです」

「わかりました」

「いまさらですけど、帽子とかなしで平気ですか?」

「え?」

「なにか買います?」鳴宮さんは売店を振り返った。「少しくらいは雲が出てくれるだろうと期待していたんですが、どうやらだめそうですね。道中はほぼ山登りなんですよ。ポムを運んでもらうために一応、なんていうんでしたっけ、赤ん坊の抱っこベルトみたいなのを持ってきたんですが」

「……スリング？」

「それだ。スリングを持ってきたんですけど、あれで胸元にポムを抱えたら、体温を直《じか》に感じて、非常に暑いと思います」

　私は空を見る。たしかに、子どもの絵日記に出てきそうなほどの綺麗な青空だった。高いところをとんびらしき鳥がぐるぐるしている。暑くはあるけど、都心でビルに囲まれているときの、あの蒸し焼きにされるような熱気はないので、風が吹くと気持ちよかった。

「大丈夫だと思います」

「無理しないでくださいね」

　はい、と私は返事をする。トイレからゆっくりと出てきたキヨノさんが、私を見ると微笑んで、

「あら、さなちゃん」と言った。私はその不意打ちに嬉しくなった。少しくらいは私という存在が定着してくれたような気がして。

「次はもう霊園だよ」

　鳴宮さんがポムを渡しながら言うと、キヨノさんは乙女の表情になり、うふふ、と笑った。


　霊園の駐車場に着いたのは、十時半だった。

　広々とした駐車場は、お盆だからけっこう埋まっている。鳴宮さんはそれでも霊園の入り口にそこそこ近い場所に車を駐めた。ふう、と息を吐いてから、行きますか、と言ってこちらを振り返る。

「日焼け止めは車の中で塗っていきましょう。行きの前半は一切日陰がないので、痛いくらい焼けるんです。虫除けスプレーは外で。飲み物は全員分僕が持つので、藤間さんはなるべく身軽でいてください」

「水筒は私、自分で――」

「藤間さん」言い聞かせるような目を向けられ、わかりました、と私は大人しく答える。

「トランクのクーラーボックスに、ポカリが三本入ってます。凍らせてありますが、上行くまでには溶けちゃうかもしれません。それと水筒、どっちがいいですか？」

少し考えてからポカリを選んだ。水筒のほうがきっと重いからだ。

「ありがとうございます」

私が言うと、キヨノさんも「ありがとうねえ、しょうちゃん」と続けた。

まずは鳴宮さんと私が日焼け止めを塗り直した。「おばあちゃんも塗るんだよ」鳴宮さんは自分の日焼け止めを彼女に回す。いまさらシミが増えたところでねえ、とつぶやきながらも受け取ったキヨノさんを残し、私たちは車を降りた。

ドアを開けた瞬間、四方八方から襲ってくるセミの鳴き声に、私はちょっとくらくらした。これは都内では出合えない喧《やかま》しさだ。ボリュームが大きすぎて、方向感覚が狂うような気すらした。木陰にいても、葉の隙間から強烈な陽が射してくる。まだ午前中だというのにこれだけ暑いとは何事だろう。

「やりすぎかなってくらい、全身にかけたほうがいいですよ」

トランクから取り出した虫除けスプレーを差し出し、鳴宮さんが言う。私はその独特の匂いのするスプレーを、両腕と首筋にかけた。脚に露出している部分はない。肌がスーッとするのが愉快だった。こんなふうに蚊の対策をしなければならない場所に、自分はここ数年来ていないことに気づいたのだ。スプレーを返すと、鳴宮さんは私から少し離れ、スプレーまみれになった。Tシャツをめくり、服の中にもかける。制汗スプレーかなにかのように。

「O型なんですよ」鳴宮さんがぼやく。

「刺されやすいって言いますね」

「藤間さんは？」

「A型です。あんまり刺されないらしいです」

いいな、とつぶやく彼は、けっこう本気の口調だった。A型っぽいですね、と言われなかったことに私はちょっと救われる。私は血液型の性格診断を全然信じていないのだけど、信じている人たちがA型にどんなイメージを持っているのかは知っているのだ。

「車椅子は？」

「使いません。どうせすぐ階段で、置いておくところもないので。帰りは使うかもしれませんが」

「じゃあ、ここからずっと、おぶるんですか？」

この暑さの中で、それは拷問《ごうもん》のように思えた。「藤間さんもですからね」答えながら鳴宮さんが取り出したのは、ポム用のスリングだった。

「着けてみます？」

犬や人間の赤ちゃんがこういうものを使って抱かれているのを見たことはあっても、装着するのは初めてだった。トランク内が暑かったから、スリングもすでにほかほかしている。いっそクーラーボックスに入れておいてほしかった、と思うくらいに。胸の前に着けた大きな袋を見下ろして、これでポムを運ぶのはなんだかカンガルーみたいだなという感想を抱いた。鳴宮さんは軽く屈伸すると、首からスポーツタオルをさげ、リュックに簡易椅子らしきものを取り付け、中には三本の凍ったポカリスエットを入れた。私は小高い山のような霊園を振り仰いで少々怖気付いた。でも、ここまで来て引き返すことなんてできない。

「行くよ」

鳴宮さんが運転席のドアを開けてキヨノさんに声をかけ、車のキーを抜く。エアコンが止まった。私が後部座席のドアを開けると、そこには伸ばし足りない日焼け止めのせいで、肌がまだらに白くなったキヨノさんがいた。私の隣にやってきた鳴宮さんがちいさく笑う。

「なにやってんの、おばあちゃん」

「日焼け止めを塗ったんだよ」

塗れてないよ、と彼は返した。鳴宮さんがポムを抱き上げ、私は袋の開口部を広げて待つ。ポムは、キヨノさんも来ることを知っているように、特に怯えることもなく素直にスリングの中に収まった。重くはない。いまはまだ。ただし、たしかに犬の高い体温を感じた。

鳴宮さんは、キヨノさんを車から降ろすと、大きな手で日焼け止めを塗り直した。その手つきの優しさに、私はひそかに感動する。「ジョーと比べないでね」彼は、仕上げに白い帽子をキヨノさんにかぶせながら言った。

「前回はジョーさんが運んでくれたんだ。あの人は大きいからねえ」

うふふ、とキヨノさんが笑いながら説明する。ジョーさんはお姉さんの旦那さん。私は頭の中で復習する。「鳴宮さんよりも大きいんですか?」尋ねると、鳴宮さんは肩を竦めた。

「身長は五センチ差くらいだけど、体重は二十キロは違うんじゃないかな。スーパーマンみたいな筋肉質です。両腕に子どもぶらさげて笑っているような人なんですよ」

それから鳴宮さんはキヨノさんの目を閉じさせて、虫除けスプレーを噴射した。「あたしのことなんて刺さないよ、美味しくないもの」とキヨノさんは言った。さらに全員が水分補給をすると、いよいよ準備は整った。鳴宮さんはリュックを身体の前に回すと地面にしゃがんで、キヨノさんをおぶる。孫の背中に摑まった彼女が、子どもみたいにきゃっきゃっと笑う。

「藤間さん、すみません、クーラーボックスに花が入っているので取ってもらえますか」

スーパーの隅にある仏花の三倍くらいのサイズの、立派な花束がそこにあった。摑んでみるとひんやりしていて気持ちよかった。「あたしが持つ」とキヨノさんが言うので渡したけど、そのささやかな重量も、鳴宮さんの負担になる。

「私ももう少しなにか持ちますよ」

飲み物は鳴宮さんのリュックに入っているので、私の荷物はポムだけだ。一方で鳴宮さんは、背中に祖母と花束を、前にはたっぷり荷物の入ったリュックに椅子までぶらさげているのだ。お墓参りというより、ハードな軍事訓練にでも挑むような様相だった。

「もうだめだと思ったら頼みます」彼はつぶやく。

「上までどれくらいかかるんですか?」

「途中で休憩を挟むので……、それでも三十分はかからないと思います」

私たちは出発した。

霊園に入ると、お墓は正面に広がる平地と右手にある階段沿い、両方に立ち並んでいた。階段側のほうが後からできたのか、コンクリートがなんとなく新しそうに見える。鳴宮さんの説明から考えると、鳴宮家のお墓に行くにはこの階段をのぼる必要があるんだろう。傾斜も段の高さもキツくないものの、ゆるゆると長い。踊り場が頻繁に挟まれ、その踊り場の両脇にもまたお墓がある。一番上に竹林が見えるけど、あそこまで行くのにどんなに休憩を入れても二十分かかるとは思えないので、あの先にも道があるということだろう。

ただし、見る限りお墓参りに来ている人たちは平地側にばかりいて、階段にはほとんどだれもいない。ましてや鳴宮さんのような大荷物の人はいない。

「昔はもっと上まで車で行けたんです」こちらの思考を読んだように鳴宮さんが言った。「裏にも道があって、うちの墓はそこから行ったほうがずっと近いんですよ。でも道の途中で崖崩れが起こって塞がれてしまって。以来、こんな感じです」

「じゃあ、階段ができたのはそのときですか?」

「ここの階段は、そうですね」

「ここの階段は?」

「あそこに竹林があるでしょう。うちの墓はあれを抜けた先にあるんですが、竹林の中にも階段があるんです。そっちは古くて危ないけど涼しい、ただし蚊がいっぱいいる。ここは歩きやすいけど暑い」

「階段を作るとき、端のほうは坂にしてくれればよかったのにねえ」キヨノさんが揺られながら言う。「そうしたら、途中までは車椅子で行けたのに」

　さっそく鳴宮さんのこめかみを伝う汗を見て、話しかけないようにしようと私は思った。集中力を途切れさせてはいけない。この程度の傾斜なら、たとえ鳴宮さんがバランスを崩したとしても転げ落ちていくような羽目にはならないだろうけど、危ないことに変わりはない。

　私は両腕でスリング越しにポムを抱え、あまり揺らさないようにして彼についていった。帽子か、せめて私もサングラスを持ってくればよかった。似合わないだろうけど。階段には日陰が皆無で、容赦のない陽射しが頭に降り注ぎ、修行僧にでもなったような気持ちになる。Tシャツが汗でじわじわ湿っていくのがわかった。濃いグリーンだし、そんなに目立たないといいんだけど。は、は、は、という息遣いを感じてポムを見下ろす。ポムも暑いだろう。犬にも熱中症があるはずなので気をつけてやらなくちゃいけない。保冷剤でも持ってくればよかったなあと思った。普段から休みの日でも、暑いときはなるべく外に出ない、を心がけているせいで、いざ出かけるとなったら対策を全然知らなくて――。

「あ」

　声を出すと、鳴宮さんが足を止めて振り返った。「あ、いえ、すみません」私は謝る。どうしたのさなちゃん、とキヨノさんに訊かれる。

「あの、ポカリってまだ凍ってますよね。一本、ポムの横に入れてあげたら涼しいんじゃないかと思って。この中も暑そうだから」

　ああ、なるほど。鳴宮さんはつぶやき、お辞儀するような体勢になってキヨノさんの身体を支えると、器用に片手だけを使ってリュックからペットボトルを取り出した。そのまま差し込むのはどうかと悩み、ポケットに入れていたハンカチを使おうとすると、「あ、タオルならありますよ」と言って、鳴宮さんはまたリュックに手を突っ込んだ。「四次元ポケットみたいですね」私はそう言いながら、彼の差し出してくれたタオルでボトルをくるみ、スリングに差し込んだ。

「重くないですか？」

鳴宮さんが訊き、大丈夫です、と私は答える。ボトルをポムの胴体につけつつも、全重量がかからないよう横に入れた。ポムが息をしながらこちらを見上げてくる。大丈夫だからね、と私は囁いた。スリング越しに、ささやかな冷たさを私も感じる。

「木陰まで行ったら休憩しましょう」鳴宮さんが言い、キヨノさんを背負い直す。

下を見ると、ちょうど半分くらいのぼったところだった。階段横のお墓に何組かお参りの人たちが見えはするものの、私たちより上には、もはやだれもいない。ここまでくると、なんだか可笑しくなってくる。こんなふうに太陽に晒されるのは、もしかしたら高校生の頃以来かもしれなかった。汗をかくのは嫌いなのに、大量にかいている。それにもかかわらず清々しい。周辺に高い建物は見当たらず、見下ろせば灰色のお墓、あとは駐車場と林があるだけだ。ジオラマでも眺めている気分になる。テーマは日本のお盆だ。セミは相変わらずそこらじゅうで鳴き喚き、足元のコンクリートには、都内ではなかなか見ないサイズの巨大なアリが動き回っている。自分が子どもに——、まだほんの小学生くらいの頃に戻ってここに立っているような気持ちになり、私は微笑んだ。夏休み、父親に連れられて虫捕りに行き、恐る恐るセミに触れた瞬間。驚くほどに薄い羽根、指先に感じたじじっという振動、その小さな身体の発する音の大きさがとても怖かったこと。春のときと同じだと、私は何度目かに思う。旅先の知らない場所にいるのに、不意にひどくなつかしい気持ちになる。

胸元でポムがきゅうんと鳴いた。キヨノさんの匂いが遠ざかっていくのが不安なのだと気づいて、私は足を速めて鳴宮さんに追いついた。私が階段の真ん中で足を止めていたことを承知していたらしい彼が振り返り、「大丈夫ですか？」と尋ねてくる。

「大丈夫です」

「なんか嬉しそうですね」

いいえ、と私は反射的に否定しかけ、鳴宮さんを見上げてやめた。

「私、こういうお墓参りをする機会がなくて。祖父母は大きなお寺の中にある納骨堂に納められているので、お参りするとしても屋内なんですよ。だから新鮮で……、ちょっと景色に見とれていました」

バチ当たりかもしれないけど、お盆に毎年実家に帰っているわけでもないので、大人になってからのお参りの回数も少ない。最後に行ったのは何年前だろうか。エアコンの効いた空間に並ぶロッカー型の納骨スペース、高い天井、掃除の行き届いた廊下の飴色の床板、静寂。ここにはなにもかも反対だと思う。霊園ではなく納骨堂にしたのはだれの判断だったのだろうと、私はいまさら気になった。

「上はもっと綺麗なんだよ。お父さんのところは」

キヨノさんが誇らしげに言い、鳴宮さんは苦笑混じりに続けた。

「なんせ一番高いところですからね」

コンクリートの階段をのぼりきった頃には、汗染みが恥ずかしいなんて言っていられないほど、鳴宮さんも私も汗だくだった。せいぜい十五分ぶりくらいの木陰を、天国みたいに涼しく感じる。彼はキヨノさんをおろすと、簡易椅子を広げてあげた。彼女がにこにこしながらそれに座る。歩いていないとはいえ、キヨノさんだってこの炎天下、鳴宮さんと密着していたわけだから暑いだろうに、彼女はどこか涼しげだった。私もポムをおろそうとしていると鳴宮さんの手が伸びてきて、彼はまずペットボトルを回収し、次にポムをキヨノさんの膝の上におろした。

「別によかったのに」

鳴宮さんがわざわざペットボトルを新しいものに取り替えてくれたことに気づいて、私はつぶやいた。ポムを冷やしていたのは彼が引き取り、キヨノさんにはまた別のボトルを開けて渡す。彼はリュックのポケットに紙コップまでちゃんと入れてきていて、このあたりに水道が設置されていることも知っていたらしく、水を汲んできてポムに差し出した。ポムが鼻先を突っ込んで飲む。元気そうだったのでほっとした。鳴宮さんは上を向き、またCMみたいに、ごくごくと気持ちよさそうにポカリを飲んだ。紺色のTシャツは、前も後ろも汗で濡れて色が濃くなっている。

「大丈夫ですか？」

タオルで汗を拭いている鳴宮さんに私は訊いた。彼が笑いながら「なんとか」と答える。

「ジムとかに通っているんですか？」

「え？」

「鍛えていらっしゃるのかと思って。だって、普通の人には無理だと思います」

「いや、通ってないです。プールにたまに行くくらいかな。ただ若い頃引っ越し屋でバイトしていたし、ほかにも肉体労働的なことは、まあ必要に応じていろいろと……」

しょうちゃんは働き者だからねえ。キヨノさんが口を挟み、鳴宮さんは「そんなこと言うのはおばあちゃんくらいだよ」と苦笑した。

「そこに階段があるでしょう」

鳴宮さんが指さす先には、竹林の中に続く斜面があった。よく見ると、葉っぱや土に半ば埋もれているけれど、そこにはたしかに木でできた階段がある。

「あの道を抜けていきます。斜面にああいう段が作ってあって、あとは普通の山道っていう感じですかね。一瞬迷い込んだみたいに錯覚するかもしれませんが、竹林自体はそんなに深くないです、ご心配なく。普通に歩いていけば十分もかからずに出られます。向こう側に抜けたらすぐのところにうちの墓があります」

「わかりました」

「行けそうです？」

はい、と返事をして私は再び胸のスリングを広げてみせる。「私のボトルを入れるからいいですよ、そうしたら飲みたいときに飲めますし」と私が言うと、鳴宮さんはポムだけをそこに入れた。私は半分ほど残っているポカリスエットのボトルをポムの横に入れる。氷はほとんど溶けてしまっているけど、まだ冷たい。鳴宮さんが伸びをし、ばきばきと首の骨を鳴らす。キヨノさんも「よおし」と気合いの声とともに腰をあげた。椅子を畳んだ鳴宮さんがキヨノさんの前にしゃがみ、彼女を自分の肩に摑まらせ、「いい？」と確かめてから立ち上がる。その様子を、私はじっと眺めた。大人が大人に、なにも疑うことなく甘える姿は尊いと思った。自分にはできないことだ、とも。

竹林の中は、驚くほど涼しかった。

さっきまでが暑すぎたのかもしれないけど、日光が遮られ、足元がコンクリートでなくなるとこんなに体感温度が違うのだと実感させられる。汗で濡れた服を冷たいと感じるくらいなのだ。竹の爽やかな匂いと、少し湿ったような土の匂いまでもが心地いい。蚊やハエなんかが飛び交っていて、普段の私なら動揺するところだけど、今日は平気だった。林なんだから虫くらいいるだろう。侵入しているのは、どう考えても私たちのほうだ。

「気持ちいいねえ」

キヨノさんが言う。鳴宮さんが低い声で、なによりだよ、と返すのが聞こえた。道がややカーヴしているせいもあってか、鳴宮さんの言ったとおり、前後左右すべてが竹林になる空間に行き着き、私は迷い込んでしまったと錯覚した。――というか、そうであってほしいと願った、にちかいかもしれない。鳴宮さんとキヨノさんと、ポムと私で、この竹林の迷宮に閉じ込められるのだ。青空を覆うほどに高く高く伸びている竹を見上げると、それも悪くないと思えた。そこではきっと、怖いことは起こらない。意地悪な人もいない。まやかしでもいいから、安全で優しくて逃げ込める場所が私も欲しい、いっときでかまわないから。

「さなちゃん?」

はっとして顔をあげると、鳴宮さんとキヨノさんがこっちを見ていた。「どうかしましたか」

鳴宮さんが言う。なにも。私は返し、ざくざくと地面を踏んで彼らに追いついた。

「ぼんやりしていただけです」

「体調は?」

「全然大丈夫です。竹を……、見ていました」

もっとマシな弁明を思いつけないものだろうかと自分でも思った。ここは陽射しが強くないからか、鳴宮さんはいつの間にかサングラスを外して襟にかけている。ひさしぶりに、まともに彼の顔を見た気がした。

「ジュース飲みな、さなちゃん」

キヨノさんに言われ、私はポムの脇からペットボトルを取り出して飲んだ。以前ポカリを飲んだのは、高熱を出したときだ。家のベッドにひとりでいた。いまは、鳴宮さんとキヨノさん、二人に見下ろされている。どちらからも子ども扱いされている気がして恥ずかしくなった。

「あの、本当に平気です」

「――ならよかった」鳴宮さんが微笑する。「もうすぐですよ」

彼が前に向き直ったのでほっとした。ポカリをスリングに戻し、もう余計なことを考えないようにする。次のカーヴを曲がると道はもうまっすぐで、先に墓地が見えた。

竹林を出ると、再び陽射しの眩しい世界が戻ってきた。鳴宮さんがサングラスをかけ直し、私を振り返ってから、お墓とお墓の間を進んでいく。やがて見えてきた「鳴宮家乃墓」は、低い生垣に囲まれた崖の上みたいなスポットにあった。

キヨノさんがここをあれだけ自慢に思う理由がよくわかった。これはたしかに絶景だ。目に飛び込んできたのは、ずっと向こうに聳える鮮やかな緑色の山々と、その横で太陽を反射してきらきら光る紺色の海だった。海辺から延びている黒い車道、その両脇に点々と咲いている黄色い花はひまわりだろうか。民家やビニールハウスが畑の隅にぽつぽつと建っている。

私は息を呑み、無意識にポムを抱きしめるようにして、夏の海の美しさに圧倒された。

「昔はあっちの道から来ていたんです」木陰に椅子を置き、キヨノさんを座らせた鳴宮さんが、崖下を指さして教えてくれる。生垣に近づいて下を覗き込むと、山をおりたところに、さっき通ってきたところとは別の墓群が広がっているのが見えた。そこにもお墓参りにきた人たちがいる。

「あの道は細いけど、車が通れるのでね。でも、ここからは見えませんが、もっと奥まで行ったところで崖崩れが起こったので、そこから先は封鎖されました。封鎖された場所よりも手前のお墓にお参りする人はいまでも向こうから来れますが、この高さの区画を買ってしまった人たちは、いまのルートを歩いてくるしかなくなったんです。まあ、元気な人が一人でお参りするなら、そう大変な道のりでもないでしょうが」

「ポムは抱っこしたままがいいですか？」

「出していいでしょう別に。オムツしてるし、ほかにだれもいないし」

鳴宮さんがポムを抱き上げ、キヨノさんの膝に乗せる。「帰りもありますが、ひとまずお疲れさまでした」そう言った彼に私は笑みを返す。

「大人しいから、そんなに大変じゃなかったですよ」

疲れは感じるけれど気持ちよかった。本当に山登りでも終えたみたいな達成感に包まれている。ハンカチで汗を拭き、ポニーテールを結び直した。日焼け止めなんてみんな汗で流れてしまったかもしれない。日焼けするとしたら、それも何年ぶりだろう。

「掃除をするので、藤間さんは休んでいてください」

「え、お手伝いしますよ」

「さすがにそこまでは大丈夫です」彼は爽やかに笑う。「ご先祖様に怒られる」

鳴宮さんは掃除道具を取りにいったらしかった。私は、鳴宮さんのリュックの上に花束を置き、寛いだ様子のキヨノさんの隣にしゃがむ。彼女の膝の上ではポムが、やはりここが一番だ、という顔で座っている。

「ありがとうねえ、さなちゃん」

「いいえ。来られてよかったです。本当に素敵なところですね」

「そうなの。あたしも早く入りたいのよ。だけどなかなかお迎えがこなくてねえ」

不意打ちだった。

キヨノさんの口調は穏やかで、顔には笑みさえ浮かんでいた。まさか庄一に先を越されるなんて、と囁くように続ける。私は彼女を見つめ、「そんなこと」と、どうにか声を出した。

「言っちゃ……」

だめですよ、と口にしかけて、だめなんだろうか、という思考に邪魔された。一目惚れで結婚まで行き着き、その後六十年以上も一緒にいた夫婦。夫が逝き、妻が早くそちらに行きたいと思うのは、だめなの？

「あらあら、さなちゃん、泣かないで」キヨノさんが目を丸くする。「ポムちゃん大変、さなちゃんが泣いてる」

その時点では、私はちょっと涙ぐんでいたくらいで、泣いてはいなかったと思う。でも、キヨノさんにそう言われたポムが、いままで私のことなんて輸送機くらいにしか認識していなかったはずなのに、焦った様子で――犬というのは、とてもわかりやすく焦った仕草をする――私の膝に飛び乗り、必死で顔を舐めようとしてきたので、本当に泣いてしまった。

「……なにしてるんですか？」

鳴宮さんが戻ってきたとき、彼が目にした光景は、私の頭を撫でるキヨノさんと、彼女の隣に尻餅をつき、ポムに顔を舐められながら泣き笑いしている私、というものだった。私は顔をあげる。鳴宮さんは、頭から水を浴びてきたのか、首から上がびしょ濡れだった。

「さなちゃんが泣いちゃった」キヨノさんが、子どもみたいな口調で報告する。

「なんで？」

サングラスを外しながら彼は首を傾げる。「なんでもないです」私はポムを捕まえ、キヨノさんの膝の上に戻した。興奮しているポムが、は、は、は、と舌を出して呼吸する。

「ちょっとびっくりしただけなんです」

「なにに？」

鳴宮さんの疑問は当然だったけど、私は答えられなかった。自分でもうまく説明できないからだ。彼がお墓の前に箒《ほうき》や水の入った桶《おけ》を置いて、こちらを見下ろしてくる。私は目を逸らした。

「私も手を洗ってきますね」

水道は鳴宮家のお墓から二十メートルくらいのところにあった。私は手を洗い、濡れた手で顔を拭う。水はお湯と呼んでいいくらいの温度になっていて、あまりすっきりとはしなかったものの、これも夏らしいと思うと悪くはなかった。流し場に水がきらきら光って流れていく。振り返ると鳴宮さんが立っていた。彼は、どこか面白がるように私を見た。そうなのだ、と思い出す。この人は、かわいそうだ、という目を私に向けない。出会ったときから一度もしない。半ば偶然と勢い任せとはいえ、一番事情を知っているのに。

「祖母がすみませんね」

鳴宮さんが軽く眉をあげる。

「いいえ」私は笑う。「自分が泣いたことに、私もびっくりしました。キヨノさんはずっと、なんていうか、幸せな話をしてくれると思っていたので……、お騒がせしてすみません。あの、いまさらなんですけど」

「なんでしょう？」

「あのお墓、お父様も入っていらっしゃるってことですよね」

キヨノさんの旦那さんのお墓参りだと思っていた。でも、キヨノさんの言うとおり、鳴宮さんのお父様もすでに亡くなっている。長男なのだから、ここにいるはずだ。

それとも、違うんだろうか。

鳴宮さんはすぐには答えず、遠くの山々に視線を向けた。それからサングラスをかけ直すと、

「入ってないんですよ、と言って静かに笑った。この人はだれとでも親しげに話せるのに、お父様の話題のときだけ、いつもよりドライで、突き放したような口調になる。

「あの人は何年か前に、ここの管理者とやり合いましてね。いつになったら道路を復旧させるんだと文句を言って、予定が立っていないと知ると、こんな場所は引き払うと啖呵《たんか》を切りました。もう少し都心寄りの、別の霊園に土地を買って新しい墓まで用意したんですが、祖母が了承しなかった。おじいちゃんはこの景色が好きだったし、自分も絶対に同じ場所がいいと。それで引っ越しは――正式には改葬というらしいですが、ともかく――祖母が生きているうちはやめておこ

うという話になりました。祖母が死んだら問答無用で新しい場所に納め、代々のお骨も移動させるつもりだったと思います。ご存じのように、それで自分が先に逝ったわけです」

いい気味だとでも言いたげだった。

「じゃあお父様は――」

「自分の選んだ霊園に一人で入ってますよ。一昨日初盆もやりました。俺は最低限しか関わっていませんが」

私はすっかり現実的な気持ちになってしまった。そうなのだ。多くの死には儀式が伴い、生きている者はそれに巻き込まれる。

「じゃあ、キヨノさんは……」

鳴宮さんを見上げて尋ねると、彼は息を吐いた。

「姉が決めることですが、合理的な人なので、祖母の望みどおりになる可能性は低いでしょう。祖母も諦めていて、僕に頼むんですよ。私が死んだら、自分の遺灰とおじいちゃんの遺灰とを混ぜて、ちょっとでいいからここに撒いてくれって。祖母の分はともかく、すでに納骨されている祖父の分なんてどうしたらいいんだかわかりませんが、やってみるよと言ってあります。僕は、祖母のことは好きなのでね」

最後のほうだけ、鳴宮さんの声はいつもの柔らかさを取り戻した。

「……私もキヨノさんのこと好きです」

「ありがとうございます」

「お掃除、やっぱり手伝いますよ」

お願いしようかな、と彼がつぶやく。私たちが戻ると、キヨノさんは、ポムの前肢《まえあし》を持って手を振ってくれた。

軍手をはめた鳴宮さんが雑草を鎌で刈り、お墓の前にどんどん掻き出してくる。私に与えられた任務は、それらを箒とちりとりで集めていくというものだった。部屋にたまに花を飾るくらいで、ガーデニングなどとは縁遠い私にとって、こんなふうに生えている——生きている植物に触れるのは、いつぶりかわからなかった。ダンゴムシやバッタ、ほかにも私には判別できない昆虫がしょっちゅう現れたし、葉にセミの抜け殻がくっついていることもあった。私は少々びくつくことはあったものの、悲鳴をあげることはなかった。一度、ムカデが這い出てきたときだけは飛《と》び退《すさ》ったけど。それでもいつもの自分と比べたら、ずいぶん落ち着いて対処できたと思う。

「蚊に刺されすぎて気が狂いそうです」

十五分ほどかけて雑草や枯れ葉を取り除き、墓石を洗って準備が整った後で、鳴宮さんは軍手を外しつつつぼやいた。

「そんなにですか？」

「五箇所はやられました。藤間さんは？　まさかゼロですか？」

わかりません、と私は答えた。「一箇所、痒《かゆ》い気はします」

「醤油皿にスプーン一杯分の血を置いておいたら、そこから飲んでくれないものかって思うくらいです。そんなに俺の血が美味いならくれてやるから」

私が笑うと、椅子に座って待っているキヨノさんが、「さなちゃんは、もっと笑うべき」とやけにきっぱりした口調で言った。

「わ、わかりました」私は答える。

「ポムちゃんをお願い」

立ち上がった彼女がポムを渡してくる。スリングはもう外していたので、私は両腕でポムを抱えた。気のせいかもしれないけど、さっきよりはポムが心を許してくれているように感じる。キヨノさんは服装を整え、鳴宮さんが差し出した薄紅色の数珠《じゅず》を左手にはめると、花束を持って背筋を伸ばした。彼女の背後には鳴宮さんが、桶と杓《ひしゃく》を持って待機する。

私はポムを抱いたまま、彼らの後ろ姿を眺めた。来たときよりも明らかにお墓の周りがすっきりしていることにささやかな満足感を覚える。あれだけうるさく思えていたセミの鳴き声は、耳というよりも汗みずくの身体に馴染み、いつの間にか気にならなくなっていた。キヨノさんが花立てに花を供えると、鳴宮さんはすぐに彼女に桶を差し出す。その左腕に蚊が止まっているのを見つけ、私はほとんど息を止めた。でも、この厳かな空気を壊してまで指摘することはできなかった。キヨノさんが杓で水を掬《すく》い、墓石の上に腕を伸ばす。筋力が足りないのか、色白の腕が震えたけど、取り落とすことはない。彼女が水をかけるたびに、墓石が濃い灰色に濡れていく。私はさっき手を洗ったときの温度を思い出し、あの水もきっと同じくらいぬるいだろうと想像した。キヨノさんが杓を桶に戻し、次に鳴宮さんから受け取ったのはどら焼きで、私は思わず微笑む。もうひとつは豆大福のようで、こちらは家から持ってきたんだろうか。

キヨノさんが手を合わせ、世界がしんとする。

鳴宮さんも俯いたので、私も目を伏せた。早くそちらに連れていってくださいと、キヨノさんはお願いしているのかもしれない。そう思ったらまた泣きそうになって急いで目を開ける。まだ顔をあげないキヨノさんと、そんな彼女をじっと待っている鳴宮さん。さっきの蚊はもう彼の腕からいなくなっていた。私はポムを抱き直す。

「しょうちゃんにいい人を見つけてくださいって、お願いしといたよ」

やがてお参りを終えたキヨノさんが言い、「縁結びの神様じゃないんだから」鳴宮さんは呆れたように笑った。孫と交替したキヨノさんは、私の前までさがってくる。それからちょっとびっくりした顔になり、鳴宮さんを振り返ろうとした。

「藤間紗奈です」

私は言った。旦那さんとお話ししている間に、私の名前を忘れたんだろう。「そうそう、さなちゃん。ごめんね、あたしボケちゃって」キヨノさんははにかみ、ポムに手を伸ばした。ポムが尻尾を振りながら飼い主の腕に引き取られる。

「よかったらなんだけど、さなちゃんもご挨拶していかない？」

「いいんですか」私は微笑んだ。

鳴宮さんが私たちのやり取りに気づいて場所を空けてくれる。私は深呼吸し、一礼してから、他人の家に上がり込むような気持ちで墓前に立った。目を瞑《つむ》って手を合わせる。閉じた瞼《まぶた》の裏に、さっき焼き付けた絶景がよみがえる。

ありがとうございます、と心の中で唱えた。

みなさんどなたも、私を知らないと思いますが、私は今日ここに来られてよかったです。みなさんと、キヨノさんと鳴宮さんのおかげです。お邪魔しました。

お参りを終えて振り返ると、キヨノさんが「ありがとうね」と言って微笑んだ。私は彼女を見下ろす。昨日の今頃は、自宅のキッチンでひとり、早めのランチを作っていた。水菜とツナの冷製パスタだった。これから友人とお茶をしにいくというのに、あまり心躍《おど》らないのはどうしてなんだろうと自分を訝《いぶか》っていた。春からずっと、日常がどうにも滞っているような感覚が抜けなくて、転職や引っ越しをすればなにかが変わるんじゃないかという希望と、なにをするにしても自分自身と付き合っていかなくてはならないことに変わりはないという諦めを、同時に感じていた。どこかに行きたいのに、どこにも行けないと。

でも今日は、ここにいる。

「ほら、いまさら雲が出てきてる」

借りていた道具を戻してきた鳴宮さんが、山の向こうを指さしながら苦笑した。たしかに山の上のほうを、薄い雲が覆い始めている。私は右手で日光を遮って空を眺めた。ずっとここにいられたらよかったのに。

「おりる準備はいいですか」

鳴宮さんが尋ねてくる。私は、はい、と返事をして微笑んだ。

帰りは、行きに比べるとずいぶん短く感じた。

もちろん同じ道のりを戻ったわけだから、くだりになったとはいえ、そう変わるはずがないのだが。竹林の中を通っても、迷宮の幻はもう見なかった。一気に行っちゃいますか、と鳴宮さんが言い、途中休憩も挟まず、またあの灼熱地獄みたいな階段をおりていった。もう正午ちかいので、気温はさっきよりも高くなっているはずだ。途中で鳴宮さんが体力の限界を宣言したのでおんぶは一時中断され、キヨノさんは階段三段を、三分くらいかけて自力でおりた。すると鳴宮さんが今度は回復を宣言しておんぶを再開し、今度は無事に一番下まで辿り着いた。後半の彼はほとんどずっと無言で、突然倒れてしまったらどうしよう、と私は内心はらはらしていたものの、キヨノさんを背中からおろした鳴宮さんは、あああ、と呻きながら腕をぶんぶん振り回し、わりと元気そうだった。彼は自分のポカリスエットを飲み干し、もはや濃紺一色に染まったTシャツを気持ち悪そうに肌から剝がしてぱたぱたした。

「トイレに行く人は？」彼が訊く。

「あたしはレストランで行く」

キヨノさんの返答に、私も頷いた。鳴宮さんは通路端の木陰に椅子を置いてキヨノさんを座らせると、私のスリングからポムを回収して彼女の膝の上に乗せた。

「車椅子を取ってくるから待ってて。藤間さんは一緒に来てもらえますか」

車に戻った鳴宮さんはまずエンジンをかけてエアコンをつけた。車内の空気はもちろん、サウナみたいにむわっとしている。

「――生きてます？」

鳴宮さんが訊いてくる。私は笑った。

「生きてます。鳴宮さんこそ、大丈夫ですか」

「どうにかいまのところは。筋肉痛とかのダメージは明日以降ですね」

彼はクーラーボックスに入れていた二リットルのペットボトルから水を飲んだ。スリングを外した私は、それまで湿っぽくなっていることに気づいて恥ずかしくなる。

「あの、汗かいちゃったので、これ洗ってから……」

「気にしないでください。今日使ったものは全部まとめて洗うので」

鳴宮さんは大きなビニール袋を広げると中に自分のタオルを放り、私に向かって頷いた。すみません、と謝りつつ、私はスリングもそこに入れる。

「乗っていてください。エアコン、すぐ効いてくるはずです」

彼は車椅子を押して霊園の入り口に戻っていった。助手席に座った私は、周囲にだれもいないことを確認してから、Tシャツの下のキャミソールだけ脱ぐ。着替えを持ってくるべきだったと後悔した。でもこれで少しはマシになったし、厚手のTシャツだから下着は透けない。汗拭きシートを使っていると、左腕と首筋に、一箇所ずつ蚊に刺された跡を見つけた。ぷくりと膨《ふく》らんだところに触れた途端、痒い気がしてくる。

鳴宮さんがキヨノさんたちを連れてきた頃には、車内はだいぶ涼しくなっていた。後部座席のドアが開き、ポムとキヨノさんが乗り込んでくる。

「さなちゃん、本当にありがとうねえ」

「いいえ。お身体大丈夫ですか？」

「おかげさまで。これ開けてもらえる？」

鳴宮さんから新しく渡されたらしい緑茶のペットボトルの蓋を、私は開けた。いつか自分もこんなふうに握力がなくなるのだろうか、と思いながら。鳴宮さんはしばらく外でごそごそしていて、運転席に戻ってきたときには白いTシャツに着替えていた。

「七箇所です」

彼が言う。「蚊ですか？」私は返した。

「そう」

「私はたぶん二箇所だけです」

あたしはゼロだよ、とキヨノさんが後ろから誇らしげに付け加える。鳴宮さんは恨めしそうな視線を彼女に向けてから、私に軟膏を差し出した。

「虫刺されに効くやつです」

「ありがとうございます」

「昼飯は、この近所にあるドッグカフェに行きます。ポムを連れていけるところがそこくらいしかなくて、豪勢じゃなくて申し訳ないんですが」

「あとでアイス屋さんにも寄ろうよ、しょうちゃん」

あれはジェラートだよ、と鳴宮さんが訂正し、一緒だよ、とキヨノさんが反論する。彼は私にだけ目配せをするとサングラスをかけた。私は思わずにこにこしてしまう。仲のいい祖母と孫だ。

「考えていたよりずっと暑かったです。自分だけ着替えを持ってきていてすみません。なにか買いたいものとか寄りたいところとか、ありますか？」

私は首を横に振った。

「特にありません。でも、とてもお腹が空きました」

鳴宮さんは爽やかな笑い声をあげた。じゃあ行きましょう、と言って車を発進させる。私は軟膏を腕に塗りながら、本当に、ひさしぶりにお腹が空いた、と思った。こんなふうに身体を動かし、汗だくになってからごはんを食べるというのは、夏らしくて健やかで、私らしくなくて、とてもいい。

ドッグカフェでは、私とキヨノさんはハンバーグのセットを、鳴宮さんはハンバーガーとフライドチキンを頼んだ。犬用のメニューもちゃんとあり、キヨノさんはポムのためにバナナシャーベットを注文した。鳴宮さんは、かなりボリュームのあるハンバーガーを一瞬で食べ終え、追加でホットドッグを頼み、さらにキヨノさんの食べ切れなかったハンバーグとライスも綺麗に片付けた。最後にナプキンで口元を拭うと、復活した、とつぶやいた。レジでは私もお財布を出したけど、予想していたとおり、二人に止められてしまった。鳴宮さんがリュックの中から古びた紫色の巾着袋を出してキヨノさんに渡す。キヨノさんはそこから小さく小さく折り畳んだ一万円札を取り出し、支払いを済ました。ごちそうさまでしたと頭をさげると、キヨノさんは「今日のお礼だよ。アイスも食べようねえ」と楽しげに言ってくれたけど、いざ車に乗ったら、数分のうちに眠り込んでしまった。

「こうなると思ってました」

キヨノさんがかすかないびきをかき始めると、鳴宮さんは微笑んだ。私は振り返って確かめる。少しだけ口を開けて寝ているキヨノさんと、その膝の上でうつらうつらしているポムの動きは、まるでリンクしているみたいだ。

「あれだけ暑い中、長時間外にいれば、キヨノさんだって疲れますよね。ご高齢なんですし」

「もっと対策しておくべきでした。僕も来たのは数年ぶりだし、祖母を連れてきたのは初めててのことで、正直舐めていたんですね。気軽に同行をお願いして、本当にすみませんでした」

いいえ、と私は心から答えた。

「ここ数年で、一番夏らしい時間を過ごせました」

窓の外を見る。だれかの夏休みの中に来たみたいだ。チェーンの飲食店があるかと思えば、青青とした畑が広がっているところもある。私のおばあちゃんがもっと長生きしていたら、そして両親が屋内の納骨堂ではなく屋外のお墓を選んでいたら、私もこんなふうな夏をもっと過ごせたかもしれない。そういうことをもっとすればよかった。もっと外に、遠くに出かけたかった。

次に鳴宮さんが車を駐めたのは、ジェラート屋さんの前だった。キヨノさんのパンツの色に似た、黄色い外壁のおしゃれな建物で、駐車場を見る限りなかなか繁盛しているようだ。鳴宮さんが後部座席を振り返る。キヨノさんもポムも熟睡している。

「起こさないほうがよさそうですね」彼が囁く。

「あの、私に気を遣っていらっしゃるなら、無理して寄らなくても大丈夫ですよ」

「祖母は昔から、子どもにはアイスをあげれば喜ぶと信じているんです。ここに来たがっていたのは、藤間さんに食べてほしいからですよ」

子ども、と私はつぶやいた。鳴宮さんはふっと笑い、「祖母にしてみれば、僕もまだ子どもなんです」と言う。「エアコンをつけておくので大丈夫です。行きましょう」

私たちは車を降りた。イートインもできるようで、明るい店内は家族連れやカップルで賑わっている。私は今朝立ち寄ったパーキングエリアを思い出し、でも、あのときどうしてあんなに悲しくなったのかは、もうわからなくなっていた。いまこんなに満ち足りた気分になっている自分の単純さに、内心苦笑する。

「どれとどれで迷ってるんですか」

女性の店員さんにちいさなスプーンで味見させてもらい、ショーケースを見つめていると、鳴宮さんが隣で訊いてきた。

「ミルクとレモンです」私は答える。

「ダブルにすればいいじゃないですか」

「そんなに食べられません」

「じゃあ、ハーフ&ハーフ」

「そんなのはメニューにありません」私は笑った。「ミルクにするから大丈夫です」

だけど鳴宮さんは、店員さんと交渉して、ハーフ&ハーフを実現させてしまった。最初はダブルの料金でかまわないから少なめにしてほしい、とお願いしたのだけど、気を利かせた店員さんが、少なめにした分をすべて鳴宮さんのほうに足すことを提案し、彼が「最高」と応じたので、最終的に私は、カップに入ったミルクとレモンのハーフ&ハーフを手に入れた。鳴宮さんは、ワッフルコーンの上にマンゴーとキウイのダブル、さらにその上に私のミルクとレモン半分ずつが載ったド派手なジェラートを受け取って大笑いした。店内にいたほかのお客さんたちからも注目を浴び、幼稚園児くらいの男の子におおいに羨ましがられた鳴宮さんは、その男の子に快く味見させてあげて、両親に何度もお礼を言われていた。

支払いはまたキヨノさんの巾着袋から行われた。素直にご馳走になる。テラス席は蒸し暑かったものの、駐車場と向かい合っていて都合がよかった。

「それ、ぜんぶ食べられるんですか?」

椅子に座って尋ねると、鳴宮さんは「いけますね」と即答した。

「お腹壊しませんか」

「これくらいでは壊しません。丈夫さだけが取り柄なので」

にやりと笑った彼を見て、そんなことはないと、今日で会うのが三回目の私でもわかっていた。鳴宮さんは親切で頭の回転が早く、いま会ったばかりの店員さんと旧友を相手にしているみたいに話すことができ、どんな問題にもさらりと対応できる。本来なら別世界の人なのに、たまたま特殊な状況で本名を教わっていたというだけで、私はこうやって彼と隣り合って座る幸運に恵まれたのだ。

「鳴宮さんって、いつから芸名で活動されてるんですか」

すでにキウイに取り掛かっていた彼は、びっくりした顔をこちらに向けた。

「いきなりどうしたんですか」

「なんとなく……。本名の知り合いがいないって仰《おつしや》っていたから」

ああ、とつぶやき、プラスチックのスプーンを噛みながら、鳴宮さんは数秒考えた。

「アメリカで大学を卒業して一旦こっちに戻り、その後、今度は自分で金貯めて留学したんですよ。いまの事務所に入ったのは——入っているんですよこれでも——十年くらい前です。まあ、現状を芸能活動していると言えるかどうかは、人によって判断が分かれるところかもしれませんが」

彼は自称「売れない役者」なのだ。彼の芸名はおろか、その業界のことさえよく知らない私は、安易に否定もできない。俯いてジェラートを一口食べる。外気の熱で溶け始めているそれは、喉の奥を甘く冷たく滑り落ちていく。

「バイトもしているって言ってましたよね。そこでは本名で知り合うんじゃないんですか」

「いえ、情けない話、働いていると言っても業界で知り合った人のコネばかりなので。だから紹介された先でも自然と芸名を名乗ることになるんですよね」

「どうしてそれが情けないんですか？」

私は訊いた。鳴宮さんが一瞬眉を寄せる。

「……いい歳して、まともな就職活動すらしたことがないから？」

「コネだけで仕事が続くほうがすごいと思います。顔が広いってことでしょう？」

鳴宮さんはきょとんとしてから笑った。「ありがとうございます」と言われて、お世辞のつもりはなかったんだけど、と思う。だって私は二十八年間生きていても、仕事をください、と頼める相手なんて一人もいない。だから普通に就活をするしかないのだ。写真を撮って履歴書を用意し、志望動機を、水で薄めて引き伸ばすように無理やり、長々と書き連ね……。

転職するとしたら、あれをまたやるのだ、と思うとうんざりした。

「藤間さんって、お仕事、なにされているんでしたっけ」

「普通の事務です」普通すぎて、ほかになにも加えることがないくらいの。「芸名って、そもそもどうやって決まるんですか？」

「うちの場合は、ほぼ社長の直感みたいなものですね。鳴宮を名乗ることは親父が許さなかったし、俺は別になんでもよかったので。一応候補が何個かあって、それくらいの選択肢はありましたが。……これってもしかして、遠回しに芸名を聞き出そうとしてます?」

　違います、と私は返した。

「別の名前があると便利そうだなって……。いつもの自分とは違う人の気分になれそうじゃないですか」

「違う人になりたいことがあるんですか?」

　真っ向から切り返され、ときどき、と私はつぶやいた。冗談にするために笑った。

「引っ越しとか転職と同じように、名前も変えられたら、気分転換できそうだなって」

　ふうん、と彼は頷き、コーンの端を齧った。ジェラートが溶け流れてしまうのを恐れてカップにしたけど、私もコーンにすればよかったと、それを見て思った。この人といるときくらいは、その程度の挑戦はするべきだった、と。

「アメリカだと、わりと簡単に改名できるんですけどね。あと自己紹介で、俺の名前はジェイムズだけど気に入ってないから絶対にそう呼ばないでくれ、グレッグがいい、とか言うやつがいるんですよ。最初はけっこう面喰らいましたけど、みんなオッケーって受け入れていたので、自分もそうしました。まあたしかに本人の好きにすればいいかって感じで。僕はショウって呼ばれていたし、本当はショウゴだって知ってる人なんていなかったんじゃないかな」

　鳴宮さんは残りのコーンを一気に口に入れると、リスみたいに頬張ってしばらく無言で噛み砕いた。飲み込んでから続ける。

「でも違う名前を持ったところで、中身は変わらないですからね。別の名前を作って、本来の自分とはかけ離れた人格をつけちゃったら、どこかで無理が出るんじゃないかな。役者でも、芸名でいるときの立ち振る舞いを大げさにしすぎちゃって、混乱する人はいますよ」

「……でも鳴宮さんは、芸名のときといまと、同じなんですよね？」

「やっぱり芸名を探ろうとしてますね？」

鳴宮さんは目を細めた。違います、と私は繰り返した。本当にそんなつもりはなかった。彼は笑いながら立ち上がり、ごみ箱にごみを捨てる。なにかを誤魔化された気になりつつ、私も腰をあげた。

車に戻ると、エアコンの効いた車内が少し寒く感じられた。キヨノさんとポムは変わらずくっつき合っている。鳴宮さんはエアコンを少し弱めて言った。

藤間さんも、眠くなったら寝てください。

私は寝なかったけど、窓の外を眺めて黙っていたので、もしかしたら寝ていると勘違いされたかもしれない。キヨノさんとポムの寝息しか聞こえない静かな車内は心地よかった。

車が高速に入って、私は悲しくなる。

まだ三時にもなっていないのに、東京に帰ったらこの人たちとはお別れなのだ。今度こそもう会うことはないだろう。鳴宮さんに、本名を知っている人だけが必要になる行事なんてそうそう都合よく発生するはずがない。キヨノさんは、家に帰って一晩経ったら——、あるいは次に目を覚ましたときにはもう、私のことなんて忘れている。ごめんなさい、お名前はなんだったかしら……。私はそう尋ねてくる彼女の困惑した目を思い出した。一度くらい全然違う名前を答えてみればよかったと、私はいまさら思いついた。私が藤間紗奈と名乗ろうと名乗るまいと、きっと彼女は受け入れてくれたはずだ。もっと別の、充実した人生を送っている素敵な女性のふりをすれば、自分もそのときだけは、そんな夢をみられたんじゃないだろうか。既婚と偽ってもよかったかもしれない。子どもがいるということにしてもいい。今日は、夫が子どもの面倒を見てくれているんです。男の子？　女の子？　女の子です、まだ三歳になったばかりで……。そこまで想像して、私はすぐに虚しくなってしまった。そんな会話は続けられない。私にはできない。鳴宮さんの言ったとおりだ。中身が変わらない限り、結局は……。

「――鳴宮さん」

私は名前を呼んでから、ずいぶんひさしぶりに首を右隣に向けた。はい、と彼が返事をし、一瞬だけこちらを見る。

「火葬場でお会いしたとき、映画の話をしてくださったのを覚えてますか。私、あれからけっこう、あの遺灰の話を思い出すんです」

喫煙所で話したとき、鳴宮さんは喪服のジャケットをベンチに置いて、脚を組んでいた。ときどき煙草を吸った。私は煙草が苦手だけど、あまりにおいが気にならなかったのは、この人が風向きを考えて煙を吐いてくれたからだと思う。思い返しても信じられないけど、私は初対面だった鳴宮さんに、正則の浮気について洗いざらい喋ってしまった。そうしなければ頭が破裂してしまいそうだったのだ。写真でしか知らなかった浮気相手の女の子と対面し、それでも正則の親族の前では何事もなかったように振る舞い、少しでも落ち着こうとして外に出たら、ここ数年で一番ひどいケガをして足が血だらけになった。身も心も限界だったところに、私とも正則ともなんの関係もない人が現れて、話しかけてくれたのだ。鳴宮さんは話し上手で、聞き上手でもある。

もうこれ以上は話題がないというところまですべて話し終えて、自分でもその勢いに呆然としていたら、鳴宮さんは右手を伸ばして灰皿に煙草の灰を落とし、ゆっくりと口を開いた。「『エリザベスタウン』っていう映画、ご存じですか」なんの話が始まったのかわからず、私は首を横に振った。

――火葬炉に棺を入れる前に、納めの式ってあったじゃないですか。あの間、僕はずっとそのアメリカ映画を思い出していたんです。ジャンルとしては、ロマンティック・コメディになるのかな。仕事で失敗しすべてを失った男が自殺しようとしているところに電話がかかってきて、父親が死んだことを知らされる場面から話は始まるんですが、僕は恋愛パートはどうでもよくて、父親の葬儀とその後の展開が好きなんですよ。主人公は葬儀が行われた父親の故郷から自宅まで、助手席に父親の骨壺を乗せて、旅しながら帰ることにするんです。彼の場合、父親とは別に不仲だったわけじゃないんですけど、しばらく多忙でろくに会話もしてなかったので、運転しながら骨壺に話しかけ、気に入った場所に車を停めては、骨壺に手を突っ込んで遺灰をちょっとずつ撒いていくんです。そういう後半のロードムービーっぽいところが好きなんですよ。俺は自分の父親がまさに炉の中に入っていき、祖母や母親が泣いているのを眺めながら、次に会うときは親父も骨と灰になってるんだな、と思いました。悲しくはなかった。だからといって喜んでいたわけでもなく、自分はどこまでこの男を憎んでいたんだろうと考えたときにその映画のことを思い出し、親父が骨壺に納まっても旅に連れ出してやりたい気持ちなんて皆無だけど、そこらへんに捨てていきたいとか便所に流してやろうかなとか、そこまでのことは思えないなって。それでなんかどうでもよくなって、長年反抗していた自分がアホらしくなって、待ち時間が億いし煙草でも吸おうかと思ってここまで来たんです。恋人に浮気されて嘘もつかれ、その恋人の葬儀で浮気相手に怒鳴られて、なにも言わずに耐えてここまで来たあなたの結論が「自分は冷たい女だ」なら、僕なんてどうなるんですか。

彼は苦笑し、煙草を灰皿に放った。「まあ、僕のことはどうでもいいんですが、とにかく僕は、あなたを冷たい人だとは思いませんよ」さらりとそう言ってこちらを見た鳴宮さんの表情を覚えている。気遣うような感じはなく、むしろ呆れたような目つきに、私はなんとなく救われた。

「――『エリザベスタウン』の話をしましたね」記憶力のいい鳴宮さんは、もちろんちゃんと覚えていた。「遺灰の話……。嫌なやつに会うたび、骨壺に入っているところを想像するんですか？」

可笑しそうに言う彼に、そういうわけじゃなくて、と私は返す。

「他人ではなくて、自分です。ここでなにが起こったとしても、最後は燃えて灰になっちゃうんだし、って考えると、なんとなく思いきりがよくなるっていうか」

「藤間さんって、ポジティブなんだかネガティブなんだかわからないですね」

「ネガティブなのに、そう考えると、ちょっとポジティブになれる気がするんです」

ポジティブですかそれ、と彼は首を傾げる。私はポジティブだと思っていた。実はあれから映画も何度か観ていて、私も鳴宮さんと同じシーンを好きになった。そして毎回、遠くに行きたいと思うのだ。アメリカのあの景色の中を、エルトン・ジョンの歌声と一緒に、自分が風に乗って飛んでいくような気持ちになりながら。

「このまま祖母が起きなかったら、サービスエリアには寄らないでいこうかと思うんですけど、かまいませんか？」

「私は大丈夫ですけど。でも、キヨノさん、お手洗いはいいんですか？」

「なにかあっても大丈夫なものを穿いてはいるんです」鳴宮さんは囁いた。「起きているときにトイレに行くのは、プライドの問題ですね」

私はそうっと後ろを見る。キヨノさんは眠っているとさっきよりも頼りなく、年老いて見えた。

「じゃあ、このまま帰りましょう」

「家まで送りますね。住所はどこらへんでしたっけ？」

「いいえ、朝と同じ場所で――、それか、適当な駅の前で降ろしてもらえれば大丈夫です。都内にさえ戻っていただければ、あとは電車でどうにかします」

「暑いじゃないですか。それくらいはさせてください」

「鳴宮さんだって疲れてるでしょう？　大丈夫です。大人ですから」

自宅を知られたくないというのは、女としての自己防衛、なんかではもちろんなかった。鳴宮さんにそういう危険はないと、もうわかっている。ただ、下北沢のあの古びたマンションの前でこの車を降りるのは、あまりにも現実的で嫌だった。ひとりで電車に乗るほうが、日常に戻る前にワンクッション置くことができる。

「――なにかお礼をさせてください」

鳴宮さんが言った。私は彼を見る。彼は前を向いて運転している。

「今日は祖母を送っていくので無理ですが、後日改めて食事でも。またどこかに出かけるのでもいいですが」

「お礼は、ランチとジェラートだったのでは？」

「あれは祖母からのお礼です。僕が言っているのは、僕からのお礼です」

鳴宮さんはちらりとこちらと目を合わせてから、前に向き直る。いつもだったら――、いつもの藤間紗奈だったら、固辞するところだ。キヨノさんからのお礼で充分です、と。それに、私が鳴宮さんと渋谷とか新宿で待ち合わせ、二人してレストランで食事をするところなんて想像できなかった。きっとちぐはぐなことになる。

「食事はいいです」私は前を向いて答える。「どうせならまたどこかに行きたい」

「どこかって、春のときみたいにですか？」

春。私はつぶやく。そして笑った。夢物語みたいなことを言っていると思った。

「そう、春のときみたいに」

「――わかりました」

鳴宮さんは頷いた。私は自分が、いまのやり取りだけで満たされたのを感じた。本当にまた出かけるかどうかなんてもはや関係がなかった。行きたいと言って了承された。それだけでもう、よかった。

それからはまた二人とも、ほとんど喋らなかった。高速をおりると、鳴宮さんは朝と同じビルの前で車を停めた。私は後部座席を振り返り、「ありがとうございました」と囁いたけど、キヨノさんからはいびきしか返ってこなかった。ポムだけが寝ぼけたように目を開け、こちらを見たように感じたものの、きっと見えてはいないんだろう。でもきっと、一人分の匂いがなくなったことには気づくはずだ。

私が車を降りると、鳴宮さんは助手席の窓をさげた。

「今日はありがとうございました」

サングラスを外して彼が言う。

「こちらこそ、いろいろごちそうさまでした」

私は頭をさげた。すぐに車を出すかと思ったら違った。藤間さん、と呼ばれて顔をあげると、真面目な表情の鳴宮さんと目が合った。

「次は秋ですよ」

わかりました。私は返す。彼はサングラスをかけ直すと微笑んだ。

車が走り去る。私は大きく息を吸って青空を見上げる。転職をしようと決めた。次にあの人に会うまでに、それくらいは変わっていようと思った。

3

雨は道連れ

家ではないところで目を覚ましたときの、最初の数分間が好きだ。

いつもと違う角度から射してくる朝の光、身体に馴染んでいないシーツの感触、見知らぬ場所の匂い。天井を眺めたまましばらくそういうものを味わい、それからゆっくりと首を動かして隣のベッドを見やると、藤間さんはまだ眠っているようだった。意図してのことかは知らないが、こちらに背を向ける形で横になり、やや背を丸めている。春の旅館でもあの体勢だった。彼女の眠りは静かで、深い。

起こしてしまわないように視線を逸らし、自分もまた目を閉じて、部屋に漂う微睡《まどろ》みの空気にもう少し身を任せることにする。

前回はお盆だったから、昨日は三ヶ月ぶりの再会だった。十月の頭に短期の舞台の仕事が入っていたために俺はしばらく忙しく、千秋楽を終えてようやく、藤間さんにメッセージを送った。「来月頭か、二週目の週末にどうですか」と。お盆のお礼の件ですが、なんて前置きはしなかった。俺たちにほかに話題はない。そして藤間さんは、無駄な連絡をしない人である。最後にメッセージのやり取りをしたのは墓参りの前日で、待ち合わせ場所を決めるという、極めて事務的な内容だった。以降、九月になっても十月に入っても、「秋というのは具体的にいつですか」とか

「どこに行くか決まりましたか」とか、そういう質問すら送られてはこなかった。俺からアクションを起こさなければ、この旅の約束は流れていたのではないかと思っている。

だから、今回の旅を藤間さんがどれほど本気で望んでいたのか、いまだによくわからない。

とはいえ、「おひさしぶりです。どちらでも大丈夫です」という返事はその日のうちにきた。

一泊二日で、予算は春ほどではない程度にしようと思います。俺が伝えたのはそれくらいで、彼女は了承した。こちらですべて手配するのでほかに希望があれば教えてください、と訊いたら「特にありません」と返ってきて、それを読んだとき俺の頭には、"The ball is in your court."というフレーズが浮かんだ。これはなにかを試されているんだろうか。いや、藤間さんはそういう駆け引きはしないはずだ。本当にどこでもいいのか、信頼されているのか、あるいは事前に決めるのが煩《わずら》わしいのか。

——どこかって、春のときみたいにですか?

——そう、春のときみたいに。

春のスタイルを踏襲するのであれば、なにも決めないで行くのが正解な気がした。だからそうした。藤間さんから追加の質問はこなかった。車で行くことを提案したら、車関連の出費をきちんと割り勘にして、二日目のランチ代を藤間さん持ちにすることを条件にされた。運転のお礼だという。車は実家のを使うのでレンタル代はかかりませんと断ると、でもガソリン代や高速料金がかかるのでは、と指摘された。どこに連れていかれるのかに関しては無頓着なくせに、真っ先に経費についてクリアにするところが藤間さんらしいが、やはり変わっている、と俺は思った。

だいたい夏のお礼として、食事ではなく旅行を選択したことが不思議だった。俺自身もそちらを選んでほしいとは思っていたものの、実際にそうなったことに驚いた。どちらもけっこうですと言われたほうが、まだ想定の範囲内だっただろう。藤間さんは、顔を合わせているときでもメールでも、また会いたい、とか、そういう態度を取らない。世間話をしていても、私も行ってみたいですとか今度連れていってくださいとか、そういう台詞を口にしない。墓参りが比較的和やかな雰囲気だったのは祖母とポムがいたからだろう。マサノリがいったいどうやって藤間さんを最初のデートに誘ったのか、訊いてみたくなるほどである。

この旅行にはどういう意味があるんだろう、と思う。

自分たちはなにをしているんだろう。

俺は異性間における友情の成立を信じている。だが、藤間さんと俺との間に発生しているもの、あるいは発生しようとしているものが友情なのかどうか、よくわからない。

目を開けた。

藤間さんはさっきと同じ体勢のままだった。ベッドサイドの時計を見るともうすぐ八時だ。このホテルの朝食はビュッフェスタイルで、七時半から九時半までの間ならいつレストランに行ってもいい。ホテルのウェブサイトに載っていた案内にワッフル・メーカーが写っていて、俺はそれが食いたかった。アメリカのモーテルによくあるやつだ。

身体を起こしてペットボトルの水を飲む。寝具を整え、彼女が眠っているうちにバスルームを使った。着替えてから戻ると、藤間さんは窓のカーテンを開けているところだった。クローゼットにあったホテルのパジャマは薄い水色のワンピースで、小柄な彼女が着ると大きすぎて、後ろ姿がなんだか幼く見える。古い洋画に出てくる、大きなテディベアを片手で引きずっている少女を連想した。

「おはようございます」

声をかける。藤間さんは振り向かないまま「おはようございます」と応えた。そこに緊張感はもうない。彼女にとって俺はもう脅威ではなくなった。だが、だとしたらどんな存在になったのか。

「残念ながら、今日も曇りですね」

窓の向こうに目をやって俺はコメントする。

わかりやすい観光地に行くつもりは最初からなかった。藤間さんはおそらく人混みが苦手だ。求めていたのは春のときに似た時間の流れ方、遠い記憶の中に迷い込むような非日常感。いっそ適当にドライブして、気が向いたところで宿を探すことにしようかとも思ったが、女性をあまり粗末なところに泊めるわけにもいかないと思い直し、ここを手配した。駅からも観光名所からも離れた場所にぽつりと建っている海辺のホテル。オーシャンビューが売りだが、昨日も今日も天気が悪く、海は粘土みたいに暗い色をしている。

「残念なんですか」

こちらを向いた彼女が、寝起きの声でつぶやく。夏に会ったときは髪が長くなっていたが、いまはまた肩ほどまでの長さに戻っていた。心なしか以前より顔色がよく見えるのは、単に光の加減だろうか。それともこの人はなにかから回復してきているんだろうか。

「春も夏も、すごく天気よかったじゃないですか。晴れ男と晴れ女なのかと思っていました」

そう返すと、彼女はかすかに笑い、それからポーチを持ってバスルームに消えた。俺はスマホを充電器から引っこ抜き、ソファに腰をおろす。

「ひさしぶり！　いきなりで悪いんだけど明日の夜、六本木店のホール入れない？　バイトが二人インフルにかかってヤバい」

深夜二時にそんなメッセージが入っていた。明日というのはつまり今日のことだろう。「悪い、今夜は厳しい」俺はそう打ち込んで送信する。それからじっとホテルの天井を見つめる。この旅行に目的はなく、時間の制約もない。だけど俺は漠然と、夕方には解散するだろうと思っている。春のときも夏のときも、東京に着いたら終わりだったからだ。藤間さん相手に、せっかくだからこのまま飲みにいきましょうか、なんて話しかけるところを想像できない。だからきっと夜は空いている。でもバイトを入れたくはない。実家に車を返すついでに祖母に顔を見せ、電車で家に帰って適当に飯を食って眠る瞬間まで、今日は鳴宮庄吾でいるつもりだった。

スマホはおやすみモードに切り替えた。俺がオンダーチェの『イギリス人の患者』を読んでいるうちに藤間さんは支度を終える。服装はベージュのニットに黒のコーデュロイパンツ、そして夏と同じスニーカーだった。藤間さんはいつも化粧が薄く、俺はたまに、この人を鏡台の前に座らせ、派手なメイクをさせてみたいと思うことがある。いつもの彼女とは別人のように──「いつもの彼女」がどんなふうなのか、俺はろくに知らないのだが。仕事についてすら俺は、彼女自身の言った「普通の事務」という情報以外持っていない。出会いから一時間も経たないうちに、プライベートのど真ん中みたいなところをうっかり晒け出し合った俺たちは、本来その手の話をするに至るまでに踏むプロセスを、すっ飛ばしてしまった。働いているときの藤間さんがどんなふうなのか、同僚と一緒にランチしたり、仕事終わりに飲みにいったりするのか、俺はまったく知らない。知り合ったら自然に聞き及ぶことになりそうな日常のあれこれについて、俺たちは互いに、ほとんど共有していない。訊いてもいないし訊かれることもない。

自分たちは、こんなふうに日常を抜け出す以外で会うことができるんだろうか、と思う。

「昼から雨みたいです」

俺はスマホをポケットに入れて言った。彼女がボストンバッグに荷物を詰めながら、どうせなら土砂降りがいいな、とつぶやくのが聞こえた。

オレンジジュースとクロワッサン、チーズとハム、ヨーグルトにはフルーツをどっさり。それが藤間さんの選んだ朝食だった。俺はコーヒー、トーストとゆで卵とサラダ、ハーブ入りのソーセージなど。もちろんワッフルも焼き、ベーコンを載せ、たっぷりとメープルシロップをかけた。窓際のテーブルに向かい合って座り、それぞれ食べる。

窓の外にはもちろん海が見えるが、曇っているので綺麗な景色とは言いがたい。

朝八時半のレストランにはそれなりに客が入っていた。男子大学生のグループが朝っぱらから大騒ぎしている。女の子の二人組、若いカップル、中高年の集団に赤ん坊を連れているファミリー、外国人の観光客までいて、客層は幅広かった。その中でも俺たちのテーブルは、ほかのどこよりも会話が少なく、俺には愉快だった。藤間さんといるときは自分がいつもより静かな人間になるようで、それが心地いいのだ。無理に話さなくても平気というのは、いつまでも話が途切れない関係と同じか、それ以上に稀有だ。

「昨日散歩したのは、どんな感じのところだったんですか？」

食事を終えてから俺は訊いた。彼女はミルクを入れた紅茶をゆっくりと飲み、だいぶ目の覚めた様子でこちらを見た。

「裏口から外に出たら、森の中に続く道……、なんでしょうね、遊歩道みたいなのがあったので、入ってみたんです。そしたら階段に続いていて、途中までのぼっていったんですけど、足元が暗くなってきたのでやめました」

昨日、ホテルに着いたのは午後三時半だった。春のときと同じくらいの時間に到着するように待ち合わせたのだ。チェックインをして、なにかしますか、と訊いたら、今回は私も本を持ってきました、と藤間さんは答えた。部屋にソファはひとつしかなく、並んで座ると彼女があまり寛げない気がしたので、俺は藤間さんをレストランに誘った。食事の時間以外はカフェとして営業していて、宿泊者はコーヒー一杯無料だった。いまと同じように海の見える席で、俺たちは斜めに向かい合って座った。藤間さんは途中で席を立った。トイレにでも行ったのだろうと俺は頭の隅で思った。しばらくして、それにしては遅い、と感じた。彼女がいつ席を立ったのかはよくわからなかったが、ずいぶんページが進んでいる気がしたのだ。俺は顔をあげ、藤間さんから連絡がきていないか自分のスマホを確認しようとして、彼女のスマホがテーブルの上に伏せてあることに気づいた。彼女が読んでいた本もバッグもここにある。

藤間さんは、あの灰色の海に行ったのではないか。俺は窓の外に目を向けてそう考えた。どうしてそんな思考に至ったのかは自分でも説明できない。浜辺ではなく、海の中に入っていったんじゃないか、という予感に襲われたのだ。

はっとして席を立つと、近くにいた客が怪訝そうにこちらを見た。俺は店内を見回し、落ち着け、と自分に言い聞かせて一旦腰をおろした。いつそんな素振りがあった？　さっきまで普通に話していたのだ。彼女がケストナーのエッセイを読み始めたので、俺は『飛ぶ教室』が好きだとコメントし、彼女は「私もです」と応じて微笑んだ。この上なく平和な会話じゃないか。きっと――、体調でも悪くなったのかもしれない。そういうふうには見えなかったが。腕時計を確かめ、あと十分待っても帰ってこなかったら捜しにいこう、と決めた。すれ違いになったときのためにウェイターに言付けを頼んで……。

その必要はなかった。十分経つ前に藤間さんは帰ってきた。何事もなかったかのように。テーブルの上に俺が読んでいた本があるのを認めると、読み終わっちゃったんですか、ときょとんとした顔で訊いた。俺は彼女を見つめ、いいえまだ途中ですと、演技力を総動員して微笑んでみせた。ちょっと休憩しようと思って。それより藤間さん、いつからいなかったんですか。なるべく軽い口調を装って訊いてみると、彼女はふふっと笑って答えた。トイレに行ったときに見つけたんですけど、このホテル、大きな裏口があって、そっち側は森なんですよ。迷い込んだらちょっと危ない感じの……。

満ち足りた笑みを浮かべ、楽しいお散歩でした、と結んだ彼女に、そういうときは一言残していってくださいよとか、せめてスマホを持っていってくださいなんてことは、俺は言えなかった。自分の想像にまだ動揺していた。藤間さんはあっさりと読書に戻り、俺も本を開きはしたものの、その後は全然集中できなかった。

「今日は遊歩道の最後まで行ってみます？」

俺は提案してみる。彼女は首を横に振った。

「上のほうに封鎖中っていう立て札が見えたので、そんなに奥までは行けないと思います。せっかくだから海に行きませんか、雨が降る前に」

俺はちらりと海を見た。「藤間さんって、泳げるんですか」

「泳げません。浜辺を歩くだけです」

「海風があるから寒いですよ」

くだらない抵抗をしていると自分でわかっていた。藤間さんは数秒海を見つめる。

「そうですね……。チェックアウトは十時でしたよね？　私、いまから荷物を取ってきて、ひとりで行ってきます。鳴宮さんはもう少しここでゆっくりして、チェックアウトを終えたら連絡していただけたら――」

「そうじゃないです。藤間さん」

はい、と彼女が返事をする。俺は昨日と同じように、努力して自然に微笑む。

「僕が寒いのはどうでもいいんですよ、そんなに行きたいんなら行きましょう。ほかにやることがあるわけでもないんだし」

「いいんですか？」

もちろんです、と俺は答える。藤間さんが海辺に立つとしたら、ぜひそこにいたい。なるべく彼女の近く、すぐに手の届く距離に。

藤間さんは、ありがとうございます、と言ってかすかに笑みを浮かべた。その視線が再び海に向けられる。この人が遠くを見つめるときの横顔が好きだと俺は思う。

「曇りの日の海って、眩しくなくていいですね」

彼女はつぶやいた。


俺は少し車を走らせ、人のいないあたりを選んで車を駐めた。

「砂浜っぽいところがよかったですか？」

車から降りて彼女に訊いた。目の前に広がっているのは、砂利と拳大ほどの石からなる磯浜だ。少し歩いたところには岩場も見えた。紺色のアウターを羽織った藤間さんが、車のドアを閉めながら首を横に振る。

「ここで大丈夫です。海が見たかっただけですから」

「海、好きなんですか」

潮の香りが気持ちよかった。さっきよりやや日が出たからか、風は予想していたほど強くない。俺は車道から海辺に続く階段をおり、自分のブーツがじゃりじゃりと石を踏む感触を楽しんだ。

「単純で恥ずかしいんですが、最近読んだ本の影響で。この間も海に行こうとしたんです」

「行こうとした？」

藤間さんは波打ち際に近づくと腰をかがめ、海の水に触れると、すぐに手を引っ込めた。こちらを振り向いた彼女を見て、前より笑顔が増えたと俺は思う。それとも、俺が彼女の控えめな笑みに気づくことが増えたのだろうか。

「実はこの間、初めてひとり旅をしたんです」

「……生まれて初めて、ですか？」

「そうです。笑わないでください」

「笑ってません。どこに行ったんですか？」

「熱海です。春のときの温泉がすごくよかったから。有休消化で——、最近転職もしたんです。それで前の会社を辞める際に一週間のお休みができたので、海が近い温泉に行こうと思い立ったんです」

　拾うべき会話のポイントが多すぎて、俺は少々迷った。

「一週間もどこかに行ったんですか」

「そんな勇気、あるわけないじゃないですか」藤間さんが苦笑する。「初めてなんだから、一泊二日です。ネットで予約して、電車で二時間くらいかけて行きました。あんまり人気《ひとけ》がなさそうな……、というか、規模の小さなところにしたんです。大勢お客さんがいて、自分だけひとりっていうのは、やっぱり心細くなる予感がして」

「でも、海には行けなかった？」

「自粛したんです。被害妄想かもしれないんですけど、なんだか心配されている空気を感じたんですよ。やたら従業員の方に話しかけられて、女将さんからも、こちらにはなにしに来られたんですかって、もっと遠回しではありましたが、そういうことを訊かれました。私、喋るの上手じゃないでしょう。特に知らない人と話すのは苦手なので困ってしまって。不思議に思って調べたら、女の人がひとりで旅館に泊まると、自殺を疑われるそうなんです。ああ、だからひとりだと予約できない宿があったんだって、そこで初めて納得しました。まだ暖かい時期でしたし、今日よりお天気もよかったから、本当は海岸に座って本でも読みたかったんですけど。旅館の人に見つかったら恥ずかしいなと思うとできなくて、早々に東京に帰りました」

俺は思いきり旅館側に共感してしまった。この人にはそういう雰囲気が――、いつもではないが、危うい感じのすることがある。悲しそうとか深く落ち込んでいるとかとは違うのだ。そういうわかりやすい暗さではなくて、この道がどこまで続くのか気になったんです、みたいな態度で、易々と一線を越えていきそうとでも言おうか。

「じゃあ、目的は達成できなかったわけですね」

「海に近い温泉には行けましたよ」何事にも正確な彼女は、そう訂正した。「温泉はよかったし、部屋ではお茶を飲みながら本を読みました。女将さんからお菓子の差し入れまでいただいたんですけど、あれは人の優しさに触れさせる作戦だったのかもしれません。すごく楽しかったとは言いがたいですが、初めてのひとり旅として及第点くらいはもらえるんじゃないかな」

「指定してもらえたら、今回も海の見える温泉宿にしたのに。偶然にも海という条件は合いましたけど」

藤間さんは濡れないぎりぎりのところをゆっくりと歩きながら、どこに行くのかわからないのがよかったんです、と言った。

「今回は鳴宮さんの旅なので。細かいことは気にせず、ただ東京から離れられたら、それが一番いいって思ったんです」

鳴宮さんの旅ね、と内心つぶやきつつ、俺は石を拾い上げた。

何歩か海に近づいてから勢いをつけ、海面に向かって投げる。すべすべした灰色の石は三回跳ねてから海中に消えた。藤間さんがぱっと振り向く。

「なんですか？　いまの」

魔法でも目撃したかのような驚愕の表情を向けられて、俺はやや面喰らった。

「水切りです。見たことあるでしょう？」

「リアルではないです」

「逆になにで見たんですか？」

「テレビ……？　アニメかな」彼女は首を傾げる。「もう一回やってください」

俺はつま先で地面を蹴って石を探した。「どんな石でもいいわけじゃないんですね？」藤間さんが訊いてくる。

「平べったいやつじゃなきゃだめなんです。自分でやったことないんですか？」

「ありません。だれでもできるんですか？」

「地球上で僕しかできないって言ったら、信じます？」

藤間さんは笑わなかった。浜に膝をついて石を探し始める。わけのわからないところにツボがある人だ。「これは？」彼女が差し出してきたのは七十点くらいの石だったが、俺はひとまず受け取り、さっきと同じようにして投げた。彼女は石の行き先を目で追い、石が四回跳ねてから海中に消えるのを見届けると、またこちらを見た。出会ってからいままで、この瞬間ほどこの人に尊敬の眼差しを向けられたことはない。俺は笑い出した。

「あの、念のためにお伝えしておくと、四回って、たいしたことない数字ですからね。これは子どもの遊びです」

「何回ならすごいんですか？」

「さあ……。世界記録は八十回くらいだったと思います」

「八十回？　どうやって？　どこまで？」

「知りません。個人的な記録は十六回です」

それを覚えている自分も馬鹿みたいだな、と考えながら答えた。直後に失言だったと気づいた。藤間さんがまた四つ這いになって石を探し始めたからだ。「海だと跳ねづらいんですよ、波があるから」と付け足しても無駄だった。俺たちはその後たっぷり三十分もその場から離れず、俺は石を投げさせられ続けた。藤間さんはいくら言っても石を探すだけで、自分が投げようとはしなかった。この日の俺の最高記録は九回で、彼女は歓声をあげたり、拍手したりはしなかったものの、感無量の表情をこちらに向けていた。俺は力尽きたふりをして浜に倒れ込んだ。フードジャケット越しに、背中にごつごつとした石の感触がする。藤間さんがぱたぱたと近づいてきて傍に座った。

「十六回って、いつの話ですか？」

「大学生のときです」

「アメリカにいたとき？」

「そう、みんなで川辺にキャンプに行ったんです」

「鳴宮さんが優勝したんですか？」

「別に大会が開かれたわけじゃないですけど、まあ、そうですね」

藤間さんは、よかった、とつぶやいて海を眺めた。俺は仰向けに寝転んだまま、しばらくその横顔を見つめる。よかった、と俺も思った。キャンプに行って、水切りをしておいてよかった。

これはニンジャのスキルなんだ、なんて嘯《うそぶ》き、一番になっておいて正解だった。

「――藤間さん、転職したんですか」

「はい」

「いつ？」

「十月から新しい会社に。でも、別にやっていることは前と同じです」

「普通の事務ですか？」

普通の事務です。彼女は頷いた。転職した理由はなんだろう。訊けばいいのに、訊かない。俺は彼女が制服を着て、スーツ姿の上司に連れられているところを想像する。本日付で入社した、藤間紗奈です。よろしくお願いします。彼女は頭を下げる。新しい会社に入り、新しい人々と出会い、新しく支給されたパソコンと向かい合って、いままでと変わらない仕事をする。藤間さんの日常のどこにも俺は登場しない。俺の日常に彼女がいないのと同じように。

「キャンプならいいかもしれない」

藤間さんが言った。「なにがですか」俺が身体を起こしながら尋ねると、彼女はこちらを見て微笑む。

「ひとり旅です。キャンプならだれとも顔を合わさないから、心配されることもないでしょう。いま流行《はや》ってますすよね」

「あなたがひとりでキャンプに行くことになったら、僕はとても心配します」俺はかなりの本気を込めて返した。「第一、藤間さん、車の免許持ってないんでしょう」

「取ろうと思ってるんです」彼女は立ち上がる。「お金はかかりますけど、お給料も少し上がったことですし。ドライブっていいなあって、昨日も思いました。どこまでも遠くに行ける感じ」

遠くに行きたいのなら毎回俺を誘えばいいでしょう、という台詞を、俺は口にしない。それはさすがに口説き文句にしか聞こえない。俺は藤間さんを口説きたいわけではない——、たぶん。

独り身は楽だ。

きちんと彼女と呼べる女性がいたのは、もう何年も前のことだ。結婚するつもりがあるのかないのかと迫られ、ない、と答えたら別れることになった。「壮平はそういう人間だって、知ってたけどね」と、暗い目をした彼女に言われて、悪いことをしたなと思った。そういえば俺は、交際相手にすら壮平と呼ばれていた。

三十六歳にもなって定職に就かず、コネでもらえる仕事だけで食い繋ぎ、いまだにふらふら生きている自分が家族を持つなんて考えられない。それに俺は女の人と付き合うと——というか女の人と寝ると——その人への興味を半分くらいなくしてしまう。ひどい話だと思うし、そうならないように努力したこともあるが、成功しなかった。嫌いになるわけではなく、好きなままどうでもよくなってしまうのだ。そう説明したら、それは嫌いになるよりも性質《たち》が悪いと、いつか交際相手から怒られたことがある。当時はいまいち納得できなかったが、藤間さん相手にそうなるくらいなら、最初から手を出さないほうがいいとたしかに思う。

ただ、同時に俺は、藤間さんがひとりでいることを耐えがたく感じるのだ。彼女がどこか山奥で新品のテントの中に座っているとか、買ったばかりのミニバンの後部座席に丸くなって眠っているとか、そういう姿を想像するだけで、そんなことをするくらいなら、お願いだから自分を呼び出してくれと思ってしまう。なんにでも付き合うし、この微妙な関係のままでもかまわないから。あなたはどうか、ひとりでどこまでも遠くに行ける人間にはならないでくれ。

　この感情をどう処理すればいいのか、さっぱりわからない。だから保留にしている。あなたの得意技、という元カノの批判が聞こえるようだった。その場凌《しの》ぎで適当にやり過ごすのは、得意技というより、もはやライフスタイルになっている。

　岩場のほうに移動した藤間さんは、バランスを取りつつ、岩の上を歩いている。転ぶなよ、と念じつつ俺は眺める。彼女がふと立ち止まり、海のほうに手を伸ばした。どうやら浅瀬に石を見つけたらしい。俺も手元にあった適当な石を掴んで立ち上がる。心持ち弾んだ足取りでこちらまで戻ってきた藤間さんの手には、白くて平べったくて角張った、水切り用の石として満点のものが握られていた。

「ねえ、これは？　もう一度だけお願いします。これで最後です」

　いいですよ、と言って右手で受け取る。彼女の濡れた冷たい指が、一瞬だけ手のひらに触れた。俺は海に向かって歩きながら、藤間さんに見えないよう、彼女からもらった石を、左手に隠していた自分の石と取り替えた。子ども騙しのマジックみたいに。ひゅん、と右手からリリースされた不恰好な石は、二回だけ跳ねて海中に消えた。

「いまのは投げ方をミスりました」

　俺は肩を竦めて両手をジーンズのポケットに入れる。藤間さんの石の感触を指先で確かめ、そこにしまった。藤間さんに落胆した様子はなかった。二回だろうと九回だろうと、石が跳ねる様子はすべて尊いのだ、とでも言いたげな慈愛の表情でしばらく水平線を見つめ、しみじみつぶやいた。

「海って、いいですね」

入らないでくださいね、と俺が返すと、冗談だと思って彼女は笑う。


車に戻ると、アメリカでしたキャンプの話を聞かせてくれませんか、と藤間さんは言った。

この人といると、海外にいた頃の話ばかりしている気がする。昨日もそうだった。春のときに、これなら間が持つことを発見したからだろうか。それとも現在の話を避けたがっているんだろうか。もしかしたら俺が？　あるいは、お互いに？

いずれにせよ、過去の話のほうが簡単なのは間違いない。十年も二十年も前のことなんて、俺にとってすらもう物語だ。若かった、無謀だった、無邪気だった、が三大要素で、いまはもうなにも残っていない。加えて、あの頃は楽しかったよな、なんて一緒に振り返る相手もいない。学生時代の友人は、当然のことながら大半がアメリカ人で、みんなアメリカにいる。香港やシンガポールやその他の国で暮らしているやつもいるが、日本にはいない。十年ちかく会っていない、会う予定もない人たちのことを友人だとは、俺は思えない。たまにSNSで見かける、この人生における登場人物のうちのひとりで、someone I used to knowだ。もう物語は違うチャプターに進んでしまった。

「キャンプには何回か行きましたけど、さっき話した川辺のやつが一番原始的でした。友達に連れられていっただけなのでよく知りませんが、あそこはキャンプ場ですらなかったと思います。トイレも水道もなにもないところに車で行って、川辺にテントを張って二泊しました。参加したのは十五人くらいだったかな」

「そんなに？　男の人だけですか？」

助手席の藤間さんが、シートベルトをしながら訊く。俺はエンジンをかけた。

「半々くらいです。男だけでそんなことしませんよ」

「女の人もいるのに、トイレも水道もなかったんですか？」

「もちろん、馬鹿でかいタンクを何個も車に積んでいったので飲み水はあったし、簡単な洗い物ならできましたよ。手を洗うときは、向こうの綺麗好きな人は基本、除菌ジェルを持ち歩いているので、それを手に塗りたくれば雑菌は死ぬんです。僕はその文化にはいまいち慣れなくて、どうしても水で洗いたくなるんですが」

「トイレは？」

「男女問わず、トイレットペーパー片手に林の奥に行くしかないですね。心の余裕があれば、シャベルも持って」

藤間さんは目を見開き、シャベル、とつぶやいた。

時刻は十一時前だ。延々水切りをやらされたせいで腹は減っているものの、昼飯にはまだ早いだろう。ここらへんで観光にふさわしい場所があるのか、知らない。なにも調べないしなにも決めない、というのは、別に藤間さんと話し合って決めたルールではないのだが。

「山のほうに行ってみます？」俺は訊いた。

「え？」

「海沿いを走ると、昨日と同じような景色が続くだけなので。山に向かって走っていけば、この時期だから、紅葉が綺麗なんじゃないかな。栃木のほうに行ってもいいし」

「ここ、茨城県ですよね？」

「そうです。でも、ここから日光までたしか二時間くらいですよ。海を見続けたいなら、ここらへんをドライブするほうがいいと思いますが。僕はどちらでも」

実家から借りた車には無論カーナビがついているが、昨日から一度も使っていない。藤間さんが、つけないんですか、と言ってくることもない。知らないままで済むことは知らないままで問題ない。

「栃木まで行く必要は全然ないですけど……」藤間さんがゆっくりとした口調で言う。「昨日とは違う道にしてみましょうか。ただ、あまり山道をぐるぐるすると、車酔いが心配です。それこそ昔、修学旅行で日光に行ったときのことがトラウマで」

「吐いたんですか？」

彼女はちょっと情けない顔になった。「ちゃんと袋の中にですよ」

修学旅行で日光なら、この人は関東出身だろう。普段なら素直にそう確認するのに、藤間さんが相手だとなぜかできない。そんなふうに距離を縮めるのは危うい予感がするのだ。迂闊に手を伸ばした途端、彼女はぱっと身を引いてしまうのではないか、というような。

「じゃあ山のコースで。体調が怪しくなったらすぐ教えてください」

できる限り空いている山道を選び、もし道に迷ったら水戸か益子《ましこ》でも目指そうと思いつつ、俺はとりあえず県道を走り出した。

「キャンプファイヤーもしました？」藤間さんが訊く。

「アメリカでの話ですか？」

「そうです。食事はどうしてたんですか？」

「ハンバーガーにホットドッグ、サンドウィッチ、カットフルーツ、スモアとか。もちろん火を燃やすこともありました。お湯を沸かしてコーヒー淹れて」

「スモアってなんですか？」

「キャンプの定番デザートです。クラッカーにチョコと焼いたマシュマロを挟んで作るやつ」

ふうん、と彼女は頷き、外国って感じとつぶやいた。俺は横を流れる景色を眺めている彼女の後頭部をちらりと見る。

「いままでキャンプしたことあるんですか？」

「ありません」

「少なくとも最初は、絶対にひとりで行かないほうがいいですよ」

彼女はこちらを向いて苦笑した。

「まず免許を取らなきゃいけないんですから、するとしてもずっと先ですよ」

どうだかな、と内心つぶやく。こういう会話をしたら、その後免許を取ったり車を買ったりしたタイミングで連絡してくるのが普通だと思うが、藤間さんがそうするとは、俺にはどうも信じられない。とうとうひとりキャンプを決行したらクマを見たんです、とかいきなり報告されそうで恐ろしい。

「鳴宮さんって、小学校は日本なんですよね。飯盒炊爨《はんごうすいさん》ってやりましたか？」

「やりました。肉じゃがも作って、その後キャンプファイヤーの周りで踊って」

「私はカレーでした」

「泊まったのは青少年の家的な施設だったので、あれをキャンプとは呼べないでしょうけど」

「アメリカに行かれたのはいつなんでしたっけ？」

「中二まではこっちの中学に通いました。向こうは、日本の中三からがハイスクールなので」

「どうして行ったんですか？」

俺は肩を竦めた。

「親の希望で」

正確には、親父の方針で。あいつは自分の会社を継ぐ予定の息子に、バイリンガルかつ、アメリカの大学で経済の勉強をした、という箔《はく》をつけたがった。本人は認めなかったものの、知り合いだか著名人だかに影響されたんだろうと思う。俺は逆らわなかった。というか、親父の言うことを聞かないという選択肢があることを、当時はまだ知らなかった。友達や部活を放り出して日本を出るのは悲しかったが、いざロスに着いたら、すべてを指図してくる親父のいない生活の快適さに感動してしまった。ホストファミリーも当たりで、日常会話もろくにできない状態からのスタートだったにもかかわらず、そこまで苦労せずに現地での暮らしに馴染むことができた。

「行きたくて行ったわけじゃないんですか？」

「子どもなりに、日本で築いたコミュニティがありましたからね。でも昔からこういう性格なので、アメリカに行ったら楽しくなっちゃって。演劇の授業を初めて受けたのも向こうで、友達からギターを習ってバンドの真似事をしたり、両親が出かけているクラスメイトの家に集まって酒を飲んだり、日本にいたら死んでも許されなかったことが山ほどできるので、すぐに帰りたくなくなりました」

ただし現地には親父の知り合いが住んでいて、定期的に面談を受けなければならなかった。君の様子をお父さんに報告しなくちゃいけないんだよ、とその人は言っていた。なにも問題なかった。たかが数時間くらい、好青年になりきるのなんて簡単だ。あの面談は即興劇の練習だったと思う。シャワーを浴びた後に控えめな香水をつけて大麻の匂いを誤魔化し、ピアスを全部外して髪で耳を隠し、襟付きのシャツを着て、真面目な顔をして座っていればいい。日本に――、家に帰らなくて済むのなら、あの頃の俺は、どんな嘘だってついた。

「鳴宮さん、ギターも弾けるんですか」

「子どもの遊び程度にならね」

「できないことってあります？」

「そりゃあたくさん」

たとえば？　藤間さんが首を傾げる。「……タップダンスとか」そう答えたら彼女は笑った。俺が適当な発言をするとこの人は喜ぶのだ。でもたぶん、やったらできるようになりますよ、と彼女が言う。そうかもしれないと思う。少なくとも、できるふりをすることは可能だろう。最近、俺にはできることとできるふりの境界がわからなくなってきている。

四十分ほど車を走らせた頃、とうとうフロントガラスに水滴がぽつぽつと落ちてきた。藤間さんは、雨だ、と嬉しそうに嘯いた。

「よかったですね」

俺は言いながら周囲を見回す。実は少し前から、自分がどこを走っているのかよくわからなくなっていた。海からは離れた。通り沿いに何軒かコンビニを見かけたときは、多少町に近づいてきた感じがすると思ったものの、いまは店どころか建物すらほとんどない。しばらく左手に流れていた川も見えなくなって、道路の両脇には赤や黄色に紅葉した木々が立ち並び、どこかの山の麓に達したと判断してもよさそうだった。霧雨の中、対向車はおろか標識もろくにない道をのろのろ進んでいると、自分たちはこのままこの山に迷い込んで出られなくなるんじゃないかという気までしてくる。藤間さんは、森がどこまで深くなったら「ここはどこなんでしょうか」と心配し始めるだろうか。静かに外の景色を眺めている彼女に、いまのところその気配はない。春のときは電車の乗り降りすらあれだけ警戒していたくせに、いまでは車という密室でどこに連れていかれても平気な顔をしているというのは、信用されているからなんだろうか。それをあまり単純に喜べないのはどうしてだろう。

「あれ……」

藤間さんが声を出した。この雨の中、前方に歩行者が見えたせいだろう。男女のペアで、フードをかぶっていて顔はよくわからないものの、派手な色のウェアとハーフパンツから剝《む》き出しの男の脚、馬鹿でかいバックパックからして明らかに外国人だった。彼らは車の接近に気づいて道の脇に寄り、次の瞬間、あろうことか男のほうが親指を立ててヒッチハイクしようとしてきた。

俺は藤間さんを見る。目を丸くして彼らを凝視している。

「えっと、スルーしたほうがいいですか？」俺は訊いた。

「の、乗せた方がいいですか？」

「いやわかりませんけど、たぶん困ってるんだと思います」

「でも——」藤間さんは言いかけてから、確かめるように俺を見た。「鳴宮さんだけだったら、停まります？」

「ええ、まあ、はい」

俺は答える。アメリカでヒッチハイクをする側になったことはあるが、される側になったことは、国内外問わず、俺もない。いまだって危険がないとは言い切れないものの、これだけ車も人も通らない場所で、雨に濡れながら犯罪の機会を窺うやつはいないんじゃないかと思う。

「なら、そうしてください」藤間さんは小さな声で言った。

俺は車を停めた。窓を開けて待っていると、近づいてきた男は英語で「迷ったんだ」と言った。大柄で金髪、雰囲気からしてアメリカ人だ。そうだろうと思った、と俺が返すと、こちらが英語を話したことに感動したのか緑色の目を輝かせた。俺はその顔を見て驚く。

「あんた、今朝ワッフル焼いてただろう」

思わずそう言うと、向こうは一瞬訝しげに眉を寄せてからはっとして、「君こそ！」と叫んだ。

「同じホテルにいた人たちですよ。朝食のときに見ました」

俺が日本語に切り替えて説明すると、藤間さんは目をしばたたいて、「どうしてこんなところに？」と噛いた。俺もまったく同じ感想を抱いたものの、ひとまず男に向き直った。「後ろの席にどうぞ。あの人はガールフレンド？」

マイ・ワイフ、と男が答え、不安げな――というよりも不満げな顔で待機していた妻に声をかけてから後ろのドアを開けた。背の高い妻がオー・マイ・ゴッドと言いながら乗り込んでくる。夫がその後に続き、彼らの体重で車が揺れた。強い香水の匂いと、彼らの纏う雨の気配とで車内の空気が一瞬にして入れ替わる。さっきまでの親密な雰囲気が壊されて、残念なようなほっとしたような妙な気持ちだった。藤間さんは早速警戒モードに入り、身を硬くして後ろを窺いつつ、ぴんと背筋を伸ばしている。その背中はほとんど座席に触れていない。俺は彼女にまだそういう部分が残っていることを発見し、なぜか嬉しくなった。

夫婦はテキサスからやってきたらしい。夫によれば、朝チェックアウトしてからローカル列車とJR線を乗り継ぎ、ネットで調べたとおりの駅で降りた。そこから目的地まで徒歩一時間半程度で着くと表示されていたので、ハイキングも兼ねているしそれくらいなら余裕だろうと思って出発したものの、途中で雨が降り始め、しかもスマホのマップと実際の道が一致せず、諦めて駅に戻ろうとしていたところだったという。夫が半ば笑い話として説明する間、妻は「私は雨が降るって知ってたわ」とか「言ったとおりになったのよ」とか、ぼそぼそと挟み込んだ。

「目的地って？」俺は尋ねた。

「ダムだよ」夫が答える。「そこから見る紅葉が綺麗なんだって。場所わかるかい？」

調べようか、と俺が提案するよりも先に、「正気？　まさかまだ行く気じゃないでしょうね？　これから雨はもっとひどくなるのよ！」と妻が噛み付いた。メイビー・ノット。夫は残念そうにつぶやくと、ルームミラー越しに俺と目を合わせ、「自己紹介が遅れたが、僕はトムだ」と名乗った。「こっちは妻のミリー」

「俺はショウで、こちらは」俺は一瞬言葉に詰まった。藤間さんがちらりとこちらを向く。

「——友人の、サナ」

マイ・フレンド・サナ。言い慣れなくて変な感じだった。

「ハイ、サナ！」トムが元気よく声をかける。「彼女も英語が喋れるの？」

藤間さんは俺だけに伝わるようかすかに、しかし必死の表情で首を横に振った。ノー、と俺が答えると、トムは「コニチハ！」と片手を振ってみせる。よく言えば陽気、悪く言えば騒がしい男だ。ミリーがうんざりした様子で息を吐き、藤間さんはトムには絶対に気づかれない程度の会釈を返した。

「この人はシャイなので」俺は言った。「で、それなら、どこに連れていけばいいの？」

「君たちはどこに行くところだったの」

「特に決まってない、ただのドライブだよ」

「ＪＲの駅か、もしそこがここから遠いなら、どこか近くの、公共の交通機関に乗れる場所までお願いできる？　屋根があるところだとありがたいわ」

ミリーが疲れた声で言い、トムは悲しげな顔になったものの反論しなかったので、俺はカーナビを立ち上げた。すぐに現在地が表示され、そうだよな、と拍子抜けする。いまどき自分がどこにいるかなんて、これだけでわかるんだよな。

「駅に連れていくことになりました」

だいたいの流れは把握されている気もしたが、一応藤間さんに報告すると、彼女はただ頷いた。声を出さないほうが安全だとでも信じているように。

そこから先は、ほぼトムと俺だけが喋った。ミリーは、夫の発言を修正するか文句を言うときしか口を開かなかった。俺は最初こそ通訳を試みていたものの、藤間さんが首を横に振り、「後でいいです、大丈夫」と囁いたので、途中でやめた。トムは異様な勢いで話したし、日本のカントリーサイドを旅するのがいかに彼の長年の夢で、保険の営業を続けながらどうやって金を貯めたかという話を、逐一《ちくいち》訳す必要は、たしかにないように思えた。とはいえ、自分の理解できない言語の会話が延々続く空間にいると疎外感を覚えるんじゃないかと心配になり、俺はときどき横目で藤間さんの様子を窺った。平気そうだった。警戒モードを少し緩めたらしい彼女は、俺たちの話をラジオ程度に聞き流しているようだった。一度俺は、前を向いている彼女が、はっきりと微笑んでいるところを目撃した。具体的になにかを見ているわけではなく、思い出し笑いの類らしかった。俺は、なにが可笑《おか》しいんですか、と尋ねられないことをもどかしく感じ、そんな自分に呆れた。

これでは、疎外感を覚えているのはこちらのほうだ。

「ショウ」

名前を呼ばれて、イエス、と俺は答える。藤間さんもふと気づいたように後部座席の様子を窺う素振りを見せたが、俺は彼女と視線がぶつかる前に視線を前方に戻した。

「君たちはどうしてここへ？」

トムが質問してくる。俺は短く息を吸う。いいかいトム、それは訊いちゃいけないことになっているんだ、という回答では済まないだろう。

「彼女が海を見たがったから」

俺は返す。百パーセントの嘘ではない、たいていの嘘には多少の真実が混ざっている。藤間さんはどれくらい英語ができるのだろうと俺は考え始めた。彼女も英語が喋れるのか、というトムの問いは理解していた。つまりいくらかは聞き取れるわけだ。彼の英語は早口だし、テキサス訛《なま》りが強くて易しくはないだろう。俺の英語は？

「海？　ここで？」

「あのホテルはオーシャンビューだっただろう」

「見るだけ？」

「そうだな。泳ぐには時期が遅すぎる」

「釣りとかあるじゃないか」

トムはそれから五分ほど、彼の地元の湖におけるバスフィッシング自慢で盛り上がった。一生その話をしていてくれ、と俺は相槌を打ちながら願ったが、「友達って言ったか？」トムは突然話を俺に戻した。

「なに？」

「その子と」

「ああ、そうだよ」

「まだ友達ってこと？」

まだ、を強調してトムが訊く。藤間さんは助手席で、相変わらずどこか遠くを見ているようだが、本当のところはわからない。世の中、役者以外は演じない、わけではない。

「そんな感じかな」

あまり気の利かない返答をするとトムは笑い声をあげた。ミリーが「ねえ、この人だけ車から引きずり降ろしてもいいのよ」と口を挟み、トムが「世間話をしてるだけだろう！」と反論する。

俺はカーナビの、目的地まであと十分、という表示を確かめた。トムが悪いのではない。自分はいつから、適当な会話がこんなに下手くそになったのか。たかが駅までの二十分くらい、藤間さんをガールフレンドだってことにして、週末のちょっとした逃避デートみたいなもんだよ、とでも答えていれば、話はもっと簡単だったに違いない。それも百パーセントの嘘ではないだろう。これも――おそらく――なんらかの逃避ではあるんだから。

だいたい、百パーセントの嘘なんて、世の中にあるのか？

「いや、別にいいさ」俺はミラー越しに二人を見て微笑む。「もうすぐ駅だよ。二人は、この後はなにするんだ？」

「暖かくて乾いたところでランチだな」トムは答え、その声が一段とでかくなった。「一緒にどうだ！　お礼に奢るよ」

ミリーが小声で悪態をつき、俺は彼女の気持ちがよくわかったが、今度は動揺しなかった。トムが「ランチ」と口にした瞬間に、その後の流れを察したからだ。

「残念だけど遠慮しておく。レストランを予約してあるんだ」俺は言う。

「どこかロマンティックなところ？」トムが反応する。

そんな感じかな、と俺は笑った。そうだった、こういうふうに躱《かわ》せばいいのだ。そう思いながら藤間さんの表情を確かめると、彼女の目がなにかを面白がっているように見えて、俺はにわかに落ち着きをなくす。

「女が男を好きじゃなかったら、二人で旅行なんてしないだろう、なあミリー」

トムが言う。俺のミスはたぶん、最初に訊かれたとき、藤間さんは英語を話さないと断言したことだった。アメリカ人の大半は、自分が英語以外を知らないものだから、言語には喋れるか喋れないかしかないものだと思っているのだ。

「どうかしらね」ミリーが皮肉っぽく応じる。「旅に出てから激しく後悔する女もいると思うけどね」

アイライクユー、ミリー。俺は内心で彼女を称賛する。「あなたたちのことを言ってるんじゃないわ、ショウ」とミリーが付け足し、「わかってる」と俺は返した。トムはげらげら笑っている。喧しいが、ここで怒らないのが、たぶんこの男のいいところなんだろう。

「あれが駅」俺は見えてきた駅舎を指さして言った。「ランチが先なら、どこか店の前で降ろそうか？　雨はさっきより強くなってる」

「スシある？」トムが訊く。

「あー、見える範囲にはないな。似たようなものならある」俺は海鮮丼と書かれた店の前に車を寄せた。「写真があるだろ。ライスの上にいろんな生魚が載ってるんだ。スシ十個をひとつのボウルにぶち込んだようなもんだよ。店に入れば、あるいはスシもあるかもしれない」

楽しそうだ、とトムが言い、ミリーもようやく微笑んだ。

「恩に着るわ、ショウ」

ここでおしまいらしいと察した藤間さんが再び背筋を伸ばして身構える。「アリガト！」と口々に言いながら降りていく夫婦に、彼女は礼儀正しい微笑を返した。ドアを閉める前、トムは俺に「グッド・ラック」と言ってにやりとした。俺は手を振って応えておく。

彼らが海鮮丼屋の中に消えると、車内は急に静かになった。

「嵐が去りました」

俺はつぶやき、すぐに車を出した。昼時だし、だいぶ腹が減っていたが、ここにいるとまたトムに捕まる予感がしたからだ。藤間さんが息を吐いてシートにもたれかかる。

「面白かったですね」彼女はつぶやいた。

「面白かったですか?」

「鳴宮さんがずっと英語を話していると、知らない人みたいでよかったです」

それがいいことなのかどうか、俺にはわからない。「けっこう聞き取れてましたよね?」カマをかけてみると、藤間さんは驚いたようにこちらを見た。

「いいえ、全然。単語がいくつかわかったくらいです」

「たとえば?」

「スシとか」彼女は笑う。「ランチ、フィッシング、ステーション、レイン……。マイ・フレンド・サナはわかりましたよ」

ほかにどう言えばよかったんですか、という問いを、口にしかけてやめた。

「でも藤間さん、なんか会話の流れを把握してませんでした?」

「旦那さんが興奮していて、奥さんのほうは疲れて苛々しているのはわかりましたけど、それくらいです。どうしてあんなところにいたんですか?」

「ダムに行こうとしていたそうです」

藤間さんは息を呑み、ダム、と囁いた。その声がかすかに弾んだのを俺は聞き逃さなかった。

「興味あるんですか?」と尋ねてみる。

「いえ、ちょっと……、外国の方がわざわざ行きたがる場所として意外で。でも、この雨ですし。それに鳴宮さん、お腹空いたんじゃないですか」

俺は信号に引っかかったタイミングでハンドルを切り、手近な駐車場に車を入れた。つけたままになっていたカーナビに「ダム」と打ち込み、近いところを検索する。

「たぶんここですね。車なら二十分もかかりません。規模はわかりませんし、トムの目的はダムというよりも、そこから見える紅葉みたいでしたけど」

ネットで検索すればもっと詳細が出てくるかもしれないが、どちらもそれはしようとしない。カーナビをじっと見つめ、躊躇《ためら》うように唇を噛む藤間さんの横顔に、俺は笑い出した。

「行きましょう」

「いいんですか」

「もちろん。ミリーが反対してなければ、トムのことだって連れていってましたよ、俺。ただ、たしかに腹は減りました。昼飯、あそこじゃだめですか？」

藤間さんは俺の指さす方角に目を向けた。マクドナルドの看板がある。

「ランチは運転のお礼のつもりだったんですけど……、いいんですか」

もちろん彼女は、その条件を忘れてはいない。

「そのほうが遠慮なく食えます。ドライブスルーで買って、ダムに持っていきましょうか」

正直なところ、雨の日、あるいは晴れの日だろうと、いい大人がダムに行ってなにをするのか俺はよくわからず、だだっ広い駐車場でただハンバーガーを食らうだけになる可能性しか考えつかないが、別にかまわなかった。ここまで来て、ローカルフードに見向きもせずマックを抱えて謎のダムに行くというのは、春のときと同じくらい無為で、だからこそ俺たちには合っている気もする。

「私、ハンバーガーを食べるのすごくひさしぶりです。ダムは小学生の頃以来かな」

藤間さんのかすかに上気した頬を見る限り、彼女なりにはしゃいでいるらしかった。女の子を旅に連れ出して、一番喜ばれたのが水切りとダムとマクドナルドだなんて、普通にプランを立てていたら絶対に行き着かない結論だ。この人は面白い。それを知っているのは、もしかしたら世界で自分だけなのではないか。

俺は、マックにはよく行くのだが、ドライブスルーはアメリカ以来かもしれなかった。ビッグマックのセットでポテトもドリンクもLサイズにし、さらにナゲットとアップルパイを付け足した。本当に腹が減っていたし、なんの遠慮もしないほうが藤間さんは嬉しいだろうと思ったからだ。彼女自身は極めてシンプルに、チーズバーガーのセットを頼んだ。

「いただきます」

ファストフードの匂いが充満した車内で、俺はひとまずポテトに手を伸ばした。トムたちを乗せた道を戻り、再びコンビニも飲食店もないところをしばらく走った後、山道に入る。ダムは人工湖のようだった。対向車が来たら気をつけなきゃ擦《こす》るかもしれない、くらいの狭い道幅だが、そもそも自分たち以外の車を一台も見かけない。雨がどんどん強くなる中、こんなところに来ようとする人間なんてほかにいないのだろう。カーヴが多くなってきて、俺は藤間さんの車酔いを心配したが、ちらりちらりとその顔を窺うたび、彼女は楽しそうに——むしろ昨日よりも、朝よりもずっと楽しそうに——窓に張り付いて外を見つめている。

「雨、好きなんですか」

俺は尋ねる。いつもは嫌いです、と彼女は答えた。

「混み合っている街をびちゃびちゃになりながら歩いても、楽しくないでしょう。でも車に乗っているときは好きだってわかりました。濡れなくて済む安全な特等席から、雨のいいところだけを見ている感じ。特にここらへんは景色がいいし」藤間さんは笑みを浮かべる。「鳴宮さんといると、私ももっと前から、いろんな場所に出かけていればよかったって思います」

「お父さんがインドア派だったとは聞きましたけど、友達とか彼氏とかとも、こういうのしたことないんですか？」

「学生時代なら、少しは」彼女は答える。「誘われたら行くこともありましたけど、人より少ないんじゃないかな。それに、だれと行くにしたって、普通ここまで行き当たりばったりにはしないでしょう。遊園地で遊ぶとか有名なカフェでお茶するとか、そういう目的があって行くんだから」

遊園地で遊ぶ藤間さんを想像しようと試みながら、「そういうのは嫌いなんですか？」と訊いてみる。嫌いじゃないです、とつぶやいて、彼女は苦笑めいたものを浮かべた。

「楽しかったですよ。ただちょっと忙しなくて、これは元気があるときじゃないと行けないなって思いました。だから社会人になってからはなかなか気が向かなかったんです。週末に疲れ果てて月曜日を迎えるのって辛いじゃないですか」

平日も休日も関係ないような仕事ばかりしているくせに、そうですね、と俺は頷いてみせた。

「僕も、ここまでなにもしない旅行は、藤間さんくらいとしかしません」

「そうなんですか？　慣れてるのかと思ってました」

俺は彼女を見つめた。それは困る。そんなふうに思われるのは非常に心外である。

「ひとり旅のときは、たしかにこういうスタイルですが。でも、だれかと出かけるなら、僕ももう少しやることを決めるか、相手に決めてもらいますよ。そうしないと間が持たない」

ふふ、と藤間さんは微笑んだ。

「私たち、最初から間だらけだったから。ふたりでひとり旅をしているみたいな感じがよかったのかもしれません。私もいつか鳴宮さんみたいに、外国でもどこでもひとりで行けるようになりたいです」

この人と話していると、会話はどうしてもそこに収束してしまう。足元にぱしゃりと近づいてきたら、次の瞬間には指の間から流れていってしまう波みたいに。俺みたいにはならなくていい、と俺は思い、しかしその思考は、俺自身は俺みたいになりたかったんだっけ、という疑問を引き出してしまうために、あまり深入りしたくないのだ。

ふたりでするひとり旅を、いつまでも一緒に続けるのではだめなんだろうか。

「……宿で自殺を疑われるようでは、独り立ちは遠いですね」

俺は言った。そうですねえと、彼女はどうでもよさそうにつぶやく。ワイパーの間に挟まったイチョウの葉を見つめ、でも、死にそうな女だって思われたとしても、死ななければいいんだろうしと、冗談とも本気ともつかない口調で続けるのだった。

ダムに着いた頃には土砂降りになっていた。

ミリーの判断は正しかったな、と思いつつ、空の駐車場に車を駐める。ダムに来たのは俺も小学校の社会科見学以来だが、そのときに行ったのは、ここより大規模かつ有名なところで、もっと観光名所然としていた。ここには土産物屋やカフェがないのはもちろん、駐車場も五台分のスペースしかなく、受付すら見当たらない。あるのは「当ダムについて」という案内板だけで、一番下に「御用の方は管理事務所まで」と太字で書かれている。案内板に書いてあるダムの詳細は、俺の視力とこの雨では、車内からは読めなかった。

俺たちはとりあえず、ハンバーガーを食べることにした。BGMは、車体にぶつかってくる雨粒の凄まじい音だ。藤間さんがバーガーの包みを開けながらふっと笑う。「ごめんなさい」彼女は申し訳なさそうな上目遣いでこちらを窺った。

「来たこと、後悔してますよね」

「してません」俺は本当のことを言う。「帰りもこの調子だと、運転が怖いなとは思いますが」

「視界がきかないから？」

「くだりなのにカーヴミラーが見えないから。まあ、来るときもだれも通らなかったし、帰りもそうであることを祈りましょう」

「今回の旅、はらはらすることが多いですね」

藤間さんはそれが微笑ましいことでもあるかのような口調でつぶやき、バーガーを齧った。この人の一口はとても小さい。

「……ほかになにかありましたっけ？」

「ヒッチハイクの人を拾うとか。鳴宮さんには当たり前のことかもしれないですけど、私、このまま殺されてもおかしくないのかなあなんて思ってしまいました。私の死体がこんなところで発見されたら、みんな混乱するだろうなとか」

「さっき、そんなこと考えてたんですか？」訊き返しながらナゲットを差し出す。「いります？」

彼女は二秒ほど思案した後、「ひとつだけ」とつぶやいて持っていった。俺はその横顔を眺める。食事をするときはいつもテーブルを挟んで向かい合うので、隣り合って食べるのは初めてで、新鮮だった。

「もちろん真剣に怯えていたわけではなくて、妄想です」

「笑ってましたよ」

「なにがですか？」

「さっき、僕がトムと話していたとき。そんなこと考えて笑ってたんですか？」

藤間さんはバツの悪そうな顔になった。

「鳴宮さんって、目が十個くらいついてませんか」

「英語がわからないわりに楽しそうだなと思って、気になってたんです」

彼女は紙のカップから烏龍茶《ウーロン》を飲んだ。ストローに軽く噛んだ跡があるのを見つける。しばらく視線を逸らさずにいると、彼女は観念したように口を開いた。

「ミステリー小説みたいで面白いなって考えていただけです。もし私が殺されて、山とか海の中に捨てられるとするでしょう。明日私が会社に行かなくても、心配はされないと思うんですよね。まだ入ったばっかりだし。無断欠勤なので会社から電話はかかってくるでしょうけど、何日か姿を見せなくても、きっと辞めたんだと思われるだけです。友達や家族と毎日連絡を取っているわけでもないので、私の失踪に、しばらくだれも気づかない」

そこまで説明すると、彼女はポテトを口に入れるついでに、右手の親指に一瞬だけ唇をつけた。

塩味がするはずだ。彼女の手は細くて小さく、爪は子どもみたいに短くて色がない。

「――一週間くらいしたらだれか変に思ってくれるかな。とにかく、私の死体が見つかったら、警察の人は私の両親とか周辺の人に、彼女がこんな場所にいたことに心当たりはありますか、と訊くわけです。みんな首を傾げるでしょう。私、この旅行についてだれにも話していないので。それで捜査を進めていくと、私は謎の男の人とホテルに泊まっていたことがわかり、その後、防犯カメラの映像とかから途中で外国人のカップルを車に乗せたことも判明して、ニュースでは、藤間さんが事件に巻き込まれた可能性があるとして捜査しています、とか報道されるんだろうなって、そういう想像をしていました」

「謎の男」俺はつぶやく。素晴らしい呼び名とは言いがたい。「それ、僕は死なない設定なんですか？」

藤間さんは微笑んだ。

「生き延びてほしいな。きっと鳴宮さんなら、犯人の隙をついて逃げられます」

「藤間さんを置いて？」

妄想とはいえ気に入らなかった。役者の仕事をするとき、自分に与えられた役柄の行動原理を理解したくて、俺もその種の想像力を働かせることはある。だからわかる。そこまで真剣な思考ではなかろうと、あるいは真剣ではないからこそ、その想像には、藤間さんの俺に対する評価が反映されているはずなのだ。

「もちろん逃げ出した先で助けを求めてくれます」彼女はフォローするように付け足した。「そうね、それがいいかな。それで警察が捜索して、私が見つかるんです」

「死体で？　その展開は僕が報われないのでやめてください。藤間さんは瀕死《ひんし》とかでいいじゃないですか。僕がぎりぎりで見つけて、二人で生き延びたらハッピーエンドです」

藤間さんはくすくす笑い、「昨日、そういう展開も考えました」と言った。

「昨日？」

「ほら、ホテルの裏口から出てお散歩したとき。実は階段から落ちたんですよ」

「はい？」

俺は信じられない思いで藤間さんを凝視した。彼女は笑みを浮かべたまま続ける。

「足元の枯葉が湿っていて、滑っちゃったみたいで。階段といってもコンクリートではなくて、山道に木でできた足掛かりがあるような、ほら、ちょうど霊園の竹林に似た感じだったんです。そこから脇の斜面に落ちて、別になんともなかったんですけどね、下は柔らかい土でしたし。でも、大人になると、転ぶことなんて滅多にないじゃないですか。だから痛いというよりびっくりしてしまって。世界が急にひっくり返るあの感覚、覚えてますか？　斜面が急だったらもっと下まで転がり落ちていたかも、と思いながら道を戻りました。スマホも持っていかなかったから助けを呼ぶことはできなかっただろうし、ほかに通る人もいなかったし、鳴宮さんに迷惑をかけていただろうなって」

無言で姿を消された段階ですでに迷惑、というか心配をかけられていたわけだが、そんなレベルではなかったのだ。昨日戻ってきたとき、彼女にそんな素振りはまったくなかった。黒のパンツだから汚れが目立たなかったのか。上は……、紺色のスウェットだった。中に白いシャツを着ていた。

「なんで教えてくれなかったんですか」

こちらが尋ねると、恥ずかしいじゃないですか、と藤間さんはあっさり言った。

「でも、あそこで万一ケガして動けなくなっていたら、鳴宮さんに捜してもらわなきゃいけないところでした」

そうならなくてよかった、というふうに締めくくった彼女を見つめる。衝撃からなかなか立ち直れなかった。あの奇妙な胸騒ぎの最中に、この人は山道でひっくり返っていたのだ。

「もしかして藤間さんって、よくケガする人ですか？」

「いいえ、全然」彼女は軽く眉を上げる。「どうして？」

「喫煙所で会ったときもそうだったから」

藤間さんは口を開けて一瞬固まり、ああ、と声を漏らした。俺は彼女の白い肌と、アスファルトに擦れてぎざぎざになった膝の傷口を思い出す。あれは痛いやつだ、と見てすぐわかった。あのときは完璧に知らない人だったので、藤間さんがストッキングを脱いで傷にガーゼなんかを貼る間、俺は喫煙所のすぐ外の、中が見えないところで煙草を吸って手当てが済むのを待った。だが、彼女があの寂れたベンチでひとり傷の消毒なんかをしている姿を想像すると、あまりに物悲しくて根拠のない罪悪感を覚える。

半年以上も前なんだから、傷はもう綺麗に治っただろうか。それとも跡になったのか。俺の左膝には、中学生の頃にスケートボードをしていて派手に転んだときの傷跡が残っている。

藤間さんは俺から目を逸らして烏龍茶を飲んだ。再び指先に口をつけ、バッグから取り出したウェットティッシュで、ていねいに両手を拭った。「使います？」喫煙所での出来事はあまり振り返りたくないらしく、やや気まずそうな表情で尋ねてくる。俺にはまだアップルパイが残っていたものの、礼を言って一枚もらった。

藤間さんはウェットティッシュ入れをバッグに戻すと、マクドナルドの紙袋にすべてのゴミをしまい、さらにそれをビニール袋に入れた後、自分のバッグに詰めた。こういう場面を見るたびに俺は、この人はきっと、どんな場所からもこんなふうに痕跡を残さずに消えるのだろうと思う。

どちらもしばらく喋らなかった。雨の流れるフロントガラス越しの風景は、濡れたゴーグルを通して見ているみたいだ。ダムのコンクリートも、それを囲う紅葉の赤も黄色も茶色も、みんなぼやけている。

自分はこの人とどういう関係になりたいんだろうと、再び考えを巡らした。

大事なのは間違いない。幸せになってほしい。ひとりになってほしくない。でも、彼女はどうやらひとりになりたがっている。ひとりになれる人間に、なりたいと思っている。きっかけは、やはり結婚を考えるほど長く付き合っていた男の浮気が判明したことだろうか。あるいはそいつが死んだから。そのふたつが重なったから？　それとも俺のせいなのか。俺は、この考えが自意識過剰であることを願っている。だが、藤間さんの中で、鳴宮庄吾という人間が独り身代表みたいになっている気がしないでもないのだ。私もあなたみたいに、ひとりで平気な人になりたい。一緒にいると楽しい相手にそう思われることが、はたして喜ぶべき事態なのかどうか。

鳴宮さん、と藤間さんが小さな声で呼んだ。アップルパイに手をつけ始めていた俺は、飲み込んでから「はい」と返事をした。

「怒らないでほしいんですけど、私、レインコートを持ってきたんです」

彼女の言いたいことを理解するのに、二秒ほどかかった。

「――外に出たいんですか？　この雨の中？」

「せっかく来たんですし、雨の中のダムがどんなふうなのかをちょっと確かめてみるだけです。もちろん鳴宮さんは、ここで待っていてください」

だめです、と俺は即答する。

「それで外に出たらいきなり姿が見えなくなって、ダムの底に転がり落ちたりするんでしょう？」

「そんなことにはなりません」藤間さんは顔を赤らめた。「あそこから下を覗くだけ。すぐに戻ります」

「僕も一緒に行くならいいですよ。ずっと腕を組んでおくとか」

そんなことはさせられません、と彼女は言い、シートにもたれかかった。させられないのは、一緒に行くことだろうか、腕を組むことだろうか。藤間さんは息を吐き、散歩に出られなくなった犬みたいな未練がましい視線を窓の外に向けると、「なら、帰りますか」とつぶやいた。

俺は三秒で決意し、残りのアップルパイを口の中に突っ込んで運転席のドアを開けた。

「鳴宮さん？」とびっくりした声をあげた藤間さんのことはひとまず無視する。ジャケットのフードをかぶり、ずだだだだだ、という勢いの雨を浴びながらトランクを開け、黒い長傘を取り出した。実家の車は会社で使うこともあり、姉が管理しているので、こういうふうに用意周到なのだ。ほかにビニール袋やタオル、懐中電灯に毛布、非常用の水や携帯トイレまで入っている。俺はビニール袋とタオルも持ってから、助手席側に回ってドアを開けた。藤間さんは自分のバッグからレインコートを引っ張り出したところだった。白くて半透明のぺらぺらしたやつで、この土砂降りでは気休め程度にしかなりそうになかったが、もはやどうでもよかった。こんなに嬉しそうな彼女は、なかなか見られない。

「少しだけですよ」俺は袋とタオルを車内に放り込み、雨音に負けないように叫んだ。

「いいんですか」

彼女は車を降りると、俺が持った傘の下でいそいそとレインコートを着込んだ。「ありがとうございます」と言ってこちらを見上げる藤間さんは、フードが大きすぎるせいでゆきんこみたいだ。腕は組まない。代わりに、「この傘の下から出ないでください」と俺は言った。はい、と彼女が元気よく返事をする。呆れてしまうほどの笑顔だった。俺も似たようなものだ。必要もないのに豪雨の中に飛び出していくと、人は笑ってしまうものらしい。

雨は冷たく激しくて、靴先が早速湿り、ジーンズの裾がブーツに張りついた。藤間さんは片手でフードの首元を押さえつつ、心霊スポットにでもやってきたかのように目を見開いてきょろきょろしている。俺たちはまず案内板の前に立った。ここにあるのは「重力式コンクリートダム」だということがわかった。ダムの目的や断面図、貯水量なんかも書いてあったが、俺はろくに目を通さず、熱心に読み込んでいる藤間さんを眺めた。社会科見学に来ていた頃からきっとこの人は、ワークシートに細かくコメントを書いて教師に褒められるタイプだったのではないか。

彼女がふと傘を見上げた。

「私にはレインコートがあるんですから」雨の中、彼女はいつもより大きな声を出した。「鳴宮さん、もっと傘、自分に向けてください」

「このジャケットも撥水《はっすい》なので」

言い返したものの、藤間さんには聞こえなかったのかもしれない。彼女は手を伸ばして傘の柄に触れた。彼女のほうに傾けていたのを、まっすぐになるように正される。別にかまわなかったのに。俺だけだったら、そもそも傘なんてささない。傘を持って中途半端に濡れるくらいなら、なにもなしでびしょ濡れになるほうが潔《いさぎよ》い。

「あそこに行っていいですか」

傘の下の平等が達成されたことに満足したらしい藤間さんが、ダムを見下ろせる場所を指さす。

「転ばないように」俺が告げるとかすかに拗《す》ねた表情になる。行ってみるとそこからはダム湖全体を見下ろすことができて、展望台と呼んでもよさそうなスポットだった。

きれい、と藤間さんがつぶやくのが聞こえた。

たしかに綺麗だった。湖の背後には山が聳え、濡れた紅葉が艶っぽく目に映る。晴れていたら湖面に木々が反射してそれはそれで美しいだろうが、橙《だいだい》色や緑色の葉でこんもりしている山肌と、無機質で暗い灰色のダムとの対比は、薄暗い空の下のほうが際立って神秘的に見える気がした。赤いモミジや黄色のイチョウの葉が浮かんだ水面は、雨に打たれて激しく震えている。

いったいあの大男のトムは、なにをどうやって調べて、このダムの情報に行き着いたのだろうか。俺はカラフルな湖面を眺めているうちに、アメリカで二度ほど手を出したＬＳＤが見せてくれた幻覚を思い出した。周囲にある色がだんだんと溶け合っていき、自分の思考が外に流れ出し、すべてが一体化して身体の真ん中が気持ちよくなってきて……。友人の家で寝転び、スピーカーから大音量で流れてくる音楽のビートを、ソファ越しに感じていた。

いま、ここには雨の音しかない。

藤間さんは手すりを摑んでもたれかかり、首を伸ばして下を見た。柵の高さは彼女の胸元まであるので、見ていても危なっかしくはない。ただ、寒くないかどうか心配だった。

彼女の声。

聞き取れず、少し腰を折った。「なんですか」と耳元で尋ねる。藤間さんがこちらを振り返り、ちょっと驚いた顔になったものの、離れることはなかった。

「この大雨だと、きっとダムの調節が必要でしょうね」

彼女は言った。いま、ダムは雨を受け止めるばかりで、放流している様子はない。とはいえ案内板をまともに読んでいない俺には、仕組みがよくわからなかった。ダムの役割について知っているのは、水量の調節と発電という、非常に大雑把なことのみだ。

「でも、まだ降り始めたばかりですよ」

俺は返した。藤間さんがこちらを振り仰ぎ、やや首を傾げる。聞こえなかったらしい。俺はわずかに開いた彼女の唇を、吹き込んでくる雨で髪の毛が張りついている白い頰を見下ろした。右手に傘を持っていなければ、と思う。この手をフードの中に差し入れ、頭を抱き寄せてキスするのは簡単だった。俺の手はきっと、彼女の頰より体温が高いだろう。

「調節しないで済むならそれが一番なんじゃないですか」俺は言う。「溢れないのであれば」

今度も聞こえたかどうかはわからない。藤間さんは前に向き直った。大きく息を吸い込んだのか、彼女の両肩が上がり、また下がる。俺は自分たちが、ダムの堤ではなく、船の甲板に立っている幻想を思い浮かべる。目の前は湖ではなく海で、大雨と大波によって海面は荒れ狂い、そのうち船から投げ出されるのだ。

このままどこかに行きたい、と思った。

この人を連れて、遠いところへ。もうすでにそうしているのに、これ以上どこに行くというのだろう。一緒に生活しているところは想像できないが、失踪ならできると思うのは、いったいどういうことなのか。

藤間さん、と名前を呼んだ。

彼女はこちらを向かない。俺は傘を閉じた。すべての雨粒が直接落ちてきて、頭に肩に振動を感じる。一瞬だけ目を閉じる。次に目を開けると、違和感を覚えたらしい藤間さんがこちらを見上げた。こういうときでも彼女は、不満そうだったり、不審そうだったりといった表情をしない。ただじっと見ている。

「行きましょうか」

俺は言った。はい。藤間さんは返事をしてから微笑んだ。

傘はそのままささなかった。藤間さんがその理由を尋ねてこないことが不思議だった。小走りで車に戻り、「タオルやなんか、好きに使ってください」大声で伝えて助手席のドアを開ける。藤間さんはレインコートを脱ぎながら素早く車内に身体を滑り込ませた。俺はドアを閉め、後部座席の足元に傘を放り込んでから運転席に戻った。座ってジャケットを脱ぐ。まだ暖房の気配が残っていて、車内は暖かかった。

「足、ぐちゃぐちゃでしょう」

「鳴宮さんよりはマシだと思います。大丈夫ですか」

彼女のレインコートは、見た目以上にしっかりと役割を果たしていたらしい。藤間さんの上半身は濡れていないようだった。パンツが黒いから下半身についてはよくわからないが、コートはほぼ全身を覆っていたので、そんなにひどいことにはなってないだろう。俺のほうは、撥水ジャケットでは対応できない雨の強さだったのか、肩のあたりにかなり水が染みていて、ジーンズの膝から下はべったりと肌に張り付いていた。

「上だけ昨日の服に着替えていいですか」

もちろんです、と言うと、藤間さんは両手で自分の目を覆った。俺は小さく笑ってトレーナーを脱ぎ、後部座席のリュックからセーターを引っ張り出して着た。ジーンズはいま穿いているものしか持ってきていないので着替えられない。「もう大丈夫ですよ」と言いながら、俺は脱いだ服と靴下をビニール袋に突っ込んだ。大丈夫もなにも、上半身なのだから、最初から目隠しなんて不要だったのだが。手をおろした藤間さんが、ふう、と息を吐く。

「付き合わせてしまってごめんなさい」

「いや、面白かったですよ。藤間さんも着替えます?」

靴下だけ、と彼女は答え、バッグから、どこか自慢げに綺麗な靴下を取り出した。

「一足余分に持ってきたんです」

「こんなこともあろうかと?」

「いえ、ここまでとは思ってませんでしたけど、今週末の関東地方はずっと雨予報だったから」

藤間さんは体育座りをするように両足をあげ、一足ずつ靴下を脱いでいった。彼女の足は小さくて、爪は手と同じく、なにも塗られていない。きっと雨で冷え切っているだろう。

無地の茶色だった靴下はグレイに替わった。

「鳴宮さんは、靴下は？」

「替えですか？　ありません。いいんです、このままで」

「裸足で運転するんですか？」

「夏とかけっこうやりますよ」

タオルでぎゅっとジーンズを押さえると水が染み込んだ。気持ち悪いからいっそジーンズも脱ぎたかったが、この人の横ではできない。東京に着くまでずっと顔を覆いかねない。

藤間さんはレインコートを綺麗に畳むと巾着袋にしまい、フロントガラス越しに空を見上げた。

「雨、さっきよりちょっとマシになりましたね」

「そうですか？」

「運転するのが怖いようでしたら、もう少しここにいます？」

気遣わしげな表情を向けられて、俺は彼女を見返す。

「藤間さんは怖くないんですか？」

「え？」

「この雨の中、謎の男の運転で、あの山道をおりるの」

藤間さんは、ノリのいい回答を適当にする、ということをしない。一秒ほど考えた後、「怖くありません」と答えてにっこりした。これを信頼の証だと喜んではいけないだろう。別にどうなってもかまわないという、もっと投げやりな感情が大きい気がした。

「なら、行きましょうか」

俺はドリンクホルダーに置きっぱなしにしていたコーラのカップに手を伸ばす。特に急ぐ理由はないものの、これ以上、雨に閉じ込められたような狭い空間で手持ち無沙汰に過ごしていると、迂闊な行動に出てしまいそうな予感がしたのだ。藤間さんはいつもどおり、はい、と優等生みたいな返事をした。

山道のカーヴミラーは、危惧していたとおりに役立たなかった。俺は減速こそすれど、正直なところそこまで気をつけていたわけではなく、ほとんど運任せみたいなものだったが、予想どおり、そもそも対向車が現れなかった。フロントガラスを流れる雨の隙間から、身を乗り出すように前方確認をしつつ、ときどき藤間さんの様子を窺うと、彼女は緊迫した場面の続く映画でも観ているみたいにじっと前を眺めていた。なにかを待ち望んでいるかのような横顔で。

ハンドルを切るたび、暴走車が突っ込んでくる幻をみた。俺は避けきれない。凄まじい衝突音と衝撃、白いエアバッグ、座席に叩きつけられる二人の身体。車はガードレールをぶち破って斜面を落下する。大ケガするくらいなら即死がいい。どちらかが残されるのもごめんだ。一緒に死んで、ここで燃え尽きて灰になる。

もちろん、そんなドラマティックな展開は、現実には起こらない。

「生き延びちゃいましたね」

山をおりたところで、冗談めかして俺は言った。藤間さんはふっと息を吐き出すと、ゆっくりとシートにもたれかかり、「生き延びちゃいましたねえ」と微笑んだ。

「視界の悪い中、お疲れさまでした」

「いえ、どちらかといえば、これからが帰り道です」

そうですよね、と彼女が反省した表情になってつぶやく。

「こういうとき、私が免許を持っていれば交替できるのに」

「お待ちしています」そのときまで二人で旅行をしているんだろうかと考えながら答える。「まあ、俺は運転好きなのでいいんですけどね」

「ドライブするのが楽しいってことですか？」

「ええ、少なくとも、混んでない道なら」

「免許を取ったのもアメリカなんですよね」

「そうです」

どんな感じだったんですか、と藤間さんが尋ねてくる。この人にとって、俺はチャンネルのたくさんあるラジオみたいなものなのかもしれない。この話をしてください、あの話をしてくださいとねだられるたび、俺は自分がものすごく年寄りになった気になる。孫娘を寝かしつけようと、子守唄代わりに昔語りをする爺さんのような。不思議なのは、藤間さんに聞いてもらうと、過去のあれこれがそう悪いものではなかったと思えてくることだった。塔野壮平になる前、何者でもなく、知り合いもろくにいないアメリカの片隅で、必死に生きていたあの頃。

やはり手は出さないほうがいいだろう、と自分に言い聞かせる。一晩だけの相手を見つけるのはそこまで難しくないにしても、こんなふうに話ができる人は、滅多に見つからないのだから。

「僕は十六歳でした」

俺は語り始める。藤間さんがじっと耳を傾けているのがわかる。この雨が降っているうちはこの関係のままでいられると俺は思った。ずっと降り続いてほしかった。

4

最初に触れる雪

雪の降っているところがいいと自分で選んだにもかかわらず、ちいさな駅のプラットフォームで私は、真っ白な世界のあまりの静けさに怯《ひる》んだ。

大粒の雪がなにかを祝福するようにふわふわと空を舞っている。まだ午後三時半なのに空はすでに灰色で、あたりは不思議な薄暗さに包まれていた。人が歩ける分だけ雪がかいてあるものの、端のほうは手つかずのようで、二十センチくらい積もっている。プラットフォームの真ん中に物置小屋みたいなものがあると思ったら待合室で、狭いスペースにベンチとヒーターが置いてあった。中は照明だけがやたら明るく、雪景色に浮いていて、マッチ売りの少女がみる幻みたいだ。

それにしては寂しいけれど。

「これはまた」

隣で鳴宮さんがつぶやく。

「すみません」

私が返すと、彼はまばたきをして、不思議そうにこちらを見下ろした。

「どうして謝るんですか」

「いえ、なんとなく」

「雪は好きですよ」

「そう言ってましたね」

いろいろ予約する前に一応「雪は平気ですか」と確認したのだ。鳴宮さんから返ってきたメッセージは「好きですよ」だった。その文字列を眺めているだけで幸福な気分になることに気づき、私はそんな自分に呆れた。

「よくこんなところに宿を見つけたなあと思って。ぎりぎり群馬なんですよね？」

鳴宮さんはダウンジャケットのファスナーを首元まであげ、フードをかぶる。

「そうです。ここは無人駅なんですが、ＩＣカードは使えるはずです」

旅館のウェブサイトに書いてあった情報を私は伝えた。プラットフォームから短い階段をおりるとまた別の建物があり、そこに一台だけあった自動改札機を抜け、私たちは外の駐車場に出る。足跡やタイヤの跡なんかで地面がぐしゃぐしゃになってはいるものの、人の姿はなかった。車が数台駐めてあっても、乗っている人はいない。いつから放置されているのか、半ば雪に埋もれたスクーターがある。駐車場の先は車道に続いているが、走る車は一台も見当たらず、通りを挟んで向こうにある家屋もしんとしていて、動いているのは私たちと雪だけだった。自分がどこか間違った世界に迷い込んでしまったような気持ちになる。

「旅館の……、お迎えが、来るはずなんですが」

ちいさな声で私は言った。吐き出す息はもちろん白い。

「お迎えかあ」

のんびりとした口調で鳴宮さんが繰り返す。面白がっている表情だ。まさか降りる駅を間違えたのかと思って駅舎を振り返ったけど、路線名も駅名も合っていた。スマホを確認すると三時三十五分。お迎えの待ち合わせ時間は三時半だし、この駅には四十分に一回くらいしか電車が止まらない。旅館の人ならわかっているはずだ。

「あの、電話してみるので、少々お待ちください」

オーケイ、と鳴宮さんは答え、駐車場の端のほう、雪が綺麗に残っているところをざくざくと踏み始めた。明るいオレンジ色のジャケットに黒いパンツとブーツ、カーキ色のリュックサックを背負った彼は、白色ばかりのぼやけた世界でとても目立つ。私はそれを眺めながらスマホを耳に当てた。二コールで応答がある。

「すみません、今晩予約している藤間です。三時半に送迎を頼んでいると思うんですが……、お迎えの方って、もうすぐいらっしゃいますか？」

若い女性は、えっ、と短く息を呑み、早口で「少々お待ちください」と続けると、電話を保留に切り替えた。エルガーの『愛のあいさつ』が流れ始める。あまりいい予感のしない展開だった。昨日予約確認メールが届いているから、部屋は確保できているはずなんだけど。

私は祈るようにスマホを握りしめる。ピアノ音が途切れ、さっきよりも年配に聞こえる女性が電話口に出た。

「お待たせしてすみません。大変申し訳ないのですが、担当者が十五時半を五時半と勘違いしておりまして、いますぐ出発しますが、到着までは十五分か二十分ほどかかるかと思います」

は、と私は思わず息を吐いた。足元の、黒く汚れた雪を見下ろす。今回の旅行のために、私がどれだけ考え、迷い、覚悟を決めて準備をしてきたことか。それなのに、滑り出しからこんな調子なのだ。やっぱり私には、旅行というものが向いていない気がしてしまう。

鳴宮さんの姿を目で追った。彼はなにかの儀式のように、律儀に地面を踏んで回っている。

「えっと……、じゃあ、駅でお待ちしてますね」

「こちらの手違いで大変申し訳ございません。お寒いと思いますので、どうぞ駅の中でお待ちください。到着次第、こちらの番号に電話いたします」

「わかりました」

大変申し訳ございません、ともう一度言われた。私が力なく電話を切ると、鳴宮さんが気づいて立ち止まった。お互いに歩み寄り、私たちは駐車場の真ん中あたりで向かい合う。

「十五時半を五時半と勘違いしていたそうです」

「よくあるやつですね」

「到着までは二十分くらいかかると」

へえ、と鳴宮さんがフードの奥でうっすら笑う。「雪合戦でもします？」

私はつられて微笑んだ。

「到着したら電話するので、駅の中で待っていてほしいそうです」

そうはいっても、改札付近に休める場所はない。駐車場との違いは屋根の有無のみで、寒いことに変わりはなかった。私たちは床の濡れていないところに荷物を置き、券売機に寄りかかって駐車場を眺める。電話で報せるもなにも、ここに送迎車が来たらすぐにわかるだろう。

ふたりとも喋らなかった。雪景色の作り出す静寂に、自分たちも組み込まれたみたいに。ここは駅なのに、どうして人っこひとりいないのだろう。私は本当に、今朝まで都内の自宅にいたんだろうか。東京駅の人混みに揉まれたら暑くなり、コートを脱いだのは何時間前のことだっけ。いつかの夢みたいにぼんやりとしている。鳴宮さんと出かけるといつもこういう気持ちになってしまう。雪の降る空には記憶を曖昧にする効果がある気がした。私は空を見上げ、小学校の音楽室にあった輪っかの形をした鈴を思い出す。しゃんしゃんしゃんしゃんしゃん、と音がするやつ。サンタクロースが来るときの効果音によく使われるやつ……。

「――手が寒いんじゃないですか」

鳴宮さんがつぶやいた。

私は、その声に大げさなほどびくっとしてしまった。ほかに雑音がないせいか、すぐ耳元で囁かれたように感じたのだ。振り仰ぐと、彼は面喰らったように目をしばたたいていた。

「驚かせてすみません」

「いえ、こちらこそぼんやりしていて」

「指と耳がね、見ていて寒そうだったから」

私はニット帽をかぶっていたけど、耳は覆われていなかった。グレイの手袋はカシミヤ製、ただし指先のないタイプだ。このほうがスマホを触るときに便利かと思ったのだ。甘かった。鳴宮さんの防寒は隙がないように見えて羨ましい。新幹線で聞いた話では、この人はウィンタースポーツもひととおりできるようだった。「ただ滑ったことがあるだけで、宙返りとかができるわけじゃないですよ」と彼は笑ったけど、スキーもスノボも未経験で、スケートリンクでは転んだ記憶しかない私にとって、鳴宮さんはやはり、なんでもできる人に分類される。

「あっちに戻りませんか」

鳴宮さんはプラットフォームに視線を向けて言った。

「待合室ですか？」

私は訊く。そうです、と答えてリュックを背負った彼は、軽く助走をつけると、改札機の横の柵に手をかけて、そのまま飛び越えた。すとん、と着地するのと同時にフードが脱げ、短いポニーテールが揺れる。黒髪を伸ばしているのは舞台の役作りだという。なんの役なのか、私は知らない。

「一度やってみたかったんだ」

鳴宮さんは満足そうににっこりした。私は自分のボストンバッグを持ってそろそろと彼に近づく。

「柵を飛び越えることを？」

「逃走する犯人みたいに、駅に侵入することです」

「私にそんな運動神経はないんですけど」

「バッグ貸してください。普通にのぼれば大丈夫ですよ、支えますから」

「共犯にするつもりですか」

「藤間さんって、悪いことしたことあります？」

その声には、からかうような響きがあった。私はバッグを柵の向こう側に落とす。鳴宮さんの差し出した手を無視して柵をよじのぼろうとしたものの、手はかじかみ、スノーブーツはごわごわしていて難しかった。私はほとんど柵の上に腹這いになる。危なっかしく見えたのか、鳴宮さんが「わ、わ」とちいさく声をあげた。結局私は、彼の腕を借りつつ、墜落するように柵を乗り越えた。

「もし捕まったら、僕が唆《そそのか》したって証言します」

鳴宮さんがくつくつと笑い、フードをかぶり直す。

プラットフォームに戻ると、彼はまた、だれにも踏まれていない雪の上を選んで歩いた。線路側ぎりぎりのところなので、見ているると少し怖い。風がさっきよりも強くなり、雪に慣れていない私には、この程度でも吹雪のようだった。線路の続く先がぼやけ、鳴宮さんの後ろ姿をやけに遠く感じる。いまあの人が線路に落ちたら――。私は睫毛についた雪を払いながら考えた。私はプラットフォームの端に駆け寄り、線路を見下ろすだろう。でもきっと、彼はそこにいない。私は混乱して、だれもいない銀世界を見回してから、結局自分も飛び降りる。彼がどこに消えたのだとしても、追いかけるしかないのだという思いに駆られて。

鳴宮さんは待合室の前で止まり、ジャケットの雪を軽く落として中に入った。一瞬前の幻想はまばたきの間に消える。彼に続いて待合室に足を踏み入れると、ヒーターのおかげで息苦しいほど暖かかった。鳴宮さんが息を吐き、手袋を取ってジャケットを脱ぐ。

「雪踏むの、好きなんですね」

私は言った。彼は狭い空間をざっと見て、特になにもないとわかるとベンチに座った。私も隣に腰をおろす。三人目がきたら、彼に身を寄せなければスペースが足りなくなるようなサイズだ。鳴宮さんとベンチに座ると火葬場で出会ったときのことを連想し、なつかしい気持ちになった。終わりと始まりは似ているのかもしれない。今日で終わると、決まったわけではないのだけど。

「回答として、短いバージョンと長いバージョンがあるんですが、どちらがいいですか」

鳴宮さんが言う。「長いほうで」と私は返した。彼が足を組んで口を開く。

「アメリカの高校で、初めて演劇の授業を受けたって話、したことありますよね」

「はい」

「面白かったんですよ。だだっ広い教室で、椅子と机は後ろに重ねてあって、生徒は二十人くらいだったかな、みんな床に座って授業開始を待つんです。講師はいつも少し遅れてやってくる人でしたが、教室に入ってきたら僕たちの間を歩き回り、君たちはグループA、君たちはグループB、と分けていきました。それが終わったら、はいじゃあ、グループごとに洗濯機になってください、なんて言ってくる」

「洗濯機？」

「どういう意味か訊いているヒマはないんです。講師は、残り十秒！　とカウントしてくるので。みんな大慌てで、とにかく洗濯機になろうと考えて、隣の人と手を取り合って四、五人で輪を作る。だれかが気づいて、あ、じゃあ僕が洗濯物やるよ、とか言って、真ん中でぐるぐる回り始める。教室全体がそんな感じです。一人だけ輪の中で動かない子がいたりすると、講師が意図を問いかけます。私は絡まり合ったスウェットで、洗濯機に詰まってるんです、みたいな答えが返ってくると納得して、さあ、じゃあ次は飛行機だ！　と授業を続けるんです」

私は、海外ドラマを参考に、アメリカの高校生たちの様子を想像した。

「カオスですね」

「見学者がいたら、そう思うでしょうね。生徒たちは真剣で――、というか、真剣にやる以外ないように、講師が雰囲気を作るんです。恥ずかしいとか馬鹿らしいとか、考える隙のないように。

そして冬のある授業で、彼はグループ分けをせずに言いました。雪になれ、と。魔法の呪文みたいに」

雪になれ。

私は鳴宮さんから、ドアの向こうに視線を移す。プラットフォームには、鳴宮さんが隅々まで雪を踏んだ跡が残っている。線路は角度的に見えない。見えるのは線路の上をびゅうびゅう舞う雪と、その向こうにある一軒家の、茶色い屋根に何十センチも積もっている雪と、すべて雪だけだ。

「米中西部に大寒波、みたいなニュースが連日出ていたからかもしれません。ロスはもちろん、雪なんて降ってませんでしたけどね。とにかく僕らは雪になりました。両手を丸く、こう、なにかを抱き締めようとするみたいに広げて、ふわふわとしばらく教室内を漂う。でもこの日は講師が、なかなか次のテーマを告げませんでした。雪の呪いが解けないわけです。ずっと雪として舞うのも疲れるので、そのうち地上に到着したことにして、何人かは床に寝転がりました。それでも講師が黙っているので、最後は全員が床に突っ伏したり、あるいはふざけ半分で何人かで折り重なって固まったりしました。くすくす笑い声もしていましたが、やがて収まりました。教室中がしんとした。僕は腕に額をつける恰好でうつ伏せになっていたんですが、たしかに雪って静かだもんな、とか考えました。何分か、あるいは十分くらいそのままだったかもしれません。音がないと、時間の経過がわからなくなるんですよね。静寂は静止に似ているので」

私は鳴宮さんを見上げた。彼は微笑を浮かべる。

「雪が止んだ、と講師がやっと言いました。教室のあちこちでため息が漏れて、きっと起きあがろうとした人がいたんでしょう、だめだ、と講師はすぐに続けました。まだ積もったままでいるんだ。いまからひとりずつ当てるから、雪に生まれ変わるとしたらどんな雪になりたいか答えること。そうしたら人間に戻してやると」

「雪に生まれ変わるとしたら？」

「いつものように、質問の時間はありませんでした。正解もない。ふわふわの柔らかい雪がいいとか激しい吹雪がいいとか、どんな種類の雪かを答える人もいれば、北極の一部になりたいとか海の上に落っこちたいとか、場所を答える人もいました」

「鳴宮さんは？」

「場所です。山の上がいい、と。特に深く考えていたわけではなかったんですが、どの山だって、訊き返されちゃったんですね。咄嗟に出てきたのは、マウント・フジでした」

「富士山？」

「困ったときはなにかジャパニーズなことを言っておくと、向こうではウケがよかったんです。あなたのルーツだもんね、って感じで。でも、講師は富士山なんて知りませんでした。それは日本の有名な山なのかって言うから、そうだって返しました。雪の時期にも登れるのかって訊かれて、僕は正直、富士山の登山事情なんてまったく知らなかったんですが、山開きがあるくらいなんだから危ない時期は閉まっているんだろうと想像して、雪の時期は立ち入りできないんだと答えました。講師のコメントはこうでした。――つまり君は、故郷の山にひっそりと降り、だれにも触れられることなく消えたいわけだな」

鳴宮さんは少し黙った。私は再びプラットフォームを見やった。

「質問攻めはそれで終わりで、僕は人間に戻りました。次の生徒は、僕らのやり取りのせいか知りませんが、ハイ・シーズンのスキー場がいいです、楽しそうなんで、なんて回答でした。以来、雪が降るたびになんとなくあの日のレッスンを思い出します。ここに降ってきたからには人の目に触れたいタイプの雪なのかなと考えて」

「つまり自分のためじゃなくて、雪のために踏んでるんですか？」

　鳴宮さんは苦笑した。

「そうまとめると、だいぶおかしな人間に聞こえますね」

「短いバージョンの回答は、なんだったんですか？」

「そう、僕、雪踏むの好きなんですよ」

　私が笑い声をあげたのとほぼ同時に、スマホが鳴った。お迎えの車が着いたんだろう。もっと遅くなってもよかったのに。

「大変お待たせしました。お迎えにあがりました」

　初老の男性の声だった。ありがとうございます、いま行きます、と返して私は電話を切る。鳴宮さんがジャケットと手袋を着直した。ドアを開けて外に出て、私たちは同時に首を竦める。風と雪が、温まり始めていた身体を急激に冷やすようだった。「思ったんですけど」私は歩きながら言う。

「またさっきの柵を越えなくちゃいけないんですよね」

「そうなりますね」

「旅館の人が見ている前で？」

「通報されるかもしれません」鳴宮さんがにやりとする。

「そこまであるかはわかりませんが、それ以前にとても恥ずかしいです。私たち、大人なのに」

「じゃあ、僕が先に出て、入場券を買って、改札機を通しますよ。藤間さんはこちら側から切符を取って、それで出てきてください」

私は立ち止まった。

「入場券があったんですか？」

「券売機があるんですから、それは普通に」

「どうして買わなかったんですか？」

ほとんど叫ぶように私は訊いた。鳴宮さんは答えずに走り出し、それはもう鮮やかに、再び柵を飛び越えた。紺色の傘を広げて駅の出口に立っていた、旅館の作務衣を着た男性が、度肝を抜かれた様子で後ずさる。

鳴宮さんはその人と言葉を交わした後、二人してこちらを見た。私は急ぐと雪で滑りそうなのが怖くて、ただ静かに歩いていった。旅館の男性が入場券を買ってくれているのが見える。まったく鳴宮さんは人たらしだと、私は恨みがましいのと頼もしく感じる気持ち半々で思う。

「寒い中お待たせして、大変申し訳ありませんでした」私が改札機の手前に到着すると、旅館の男性は頭を下げた。「いま切符を通しますので」

「米岸《よねぎし》さんはこの地域の無人駅の責任者みたいな人と顔見知りだそうで、なにかあったら説明してくれるって」鳴宮さんがにこにこと言う。私はただ恐縮しながら「すみません」とつぶやいた。かしゃん、と切符が通される。私はそれを受け取り、プラットフォーム側から通し直して無事外に出た。旅館の名前の書かれた軽ワゴンに乗り込む直前、私は駐車場の隅に雪が綺麗な場所を見つけ、足を伸ばしてそうっと跡をつけた。それに気づいた鳴宮さんの口元に微笑が浮かんだのを、私は見逃さなかった。

一日三組限定の隠れ家的温泉宿、というのが、その旅館の謳い文句だった。和室には、トイレと洗面所はついているけど、内湯はない。ただし大浴場があるというわけでもなく、客室から少し離れたところに小規模な展望風呂がふたつあり、中から鍵をかけて、各組が貸切で使えるようになっている。夕食は部屋食、朝食も個室で取るので、廊下でばったり会う以外、ほかのお客さんと顔を合わせずに済むのだ。

「今夜は藤間様ともう一組様だけですので、お風呂はいつでもお使いいただけます。お夕食は七時からで承っております。なにかございましたら、いつでもフロントにお電話ください。重ね重ね、寒い中お待たせして、まことに申し訳ございませんでした。どうぞごゆるりとお過ごしくださいませ」

米岸さんと女将さんらしい人が並び、頭を下げてから出ていった。部屋の隅、お互い離れたところに荷物を置く。暖房はすでについていて暑いくらいだった。鳴宮さんが俯いて、確かめるみたいに畳の上を歩く。

「昔ながらの畳ですね」彼はつぶやいた。

「昔ながらじゃない畳って、あります？」

「ほら、春に泊まったところは、正方形の畳だったじゃないですか。モダンな」

ああ、と私は思い出す。リニューアルオープン直後だったから、たしかにあそこは、すべてが新しかった。ただし細かい内装は覚えていない。あのときの私は、あらゆることに混乱していて、それどころではなかった。

「あそこも綺麗でよかったですけど、こっちのほうがリラックスできますね」

鳴宮さんが窓の障子を開けながら言う。秋の宿はホテルだったので、広縁に立つ彼の後ろ姿も春のとき以来だった。私は頭の隅で、また終わりと始まりについて考え始める。窓の外にはちいさな日本庭園があり、木の枝や灯籠の上に雪が積もっていた。宿泊客が立ち入ることはできないようで、純白の風景には乱れているところがひとつもない。手を伸ばして枝先の雪を払い落としたら、そのままますべてが崩れてさらさらと消えてしまいそうだと思った。

「墨絵みたいだ」

両腕を組んだ鳴宮さんがつぶやく。

「お茶淹れますけど、飲まれます？」

いただきます、と彼は外を見たまま答えた。私は洗面所でポットにお湯を入れて沸騰させる。座卓の上にはお茶セットのほかに栗饅頭も置いてあった。少量のお湯はすぐに沸き、私は静かにお茶の準備をする。鳴宮さんは窓際から離れず、私は彼の後ろ姿を盗み見ながらお茶の濃さを確かめた。この緊張を気づかれてはいけない。少なくとも夕食を終えるまでは、いつもどおりに過ごしたいのだ。

「お茶どうぞ」

私がなるべく明るい声で呼びかけると、鳴宮さんは振り返って微笑んだ。この人はなにかを見つめることはあっても、写真は撮らない。春、バスでヨーロッパ旅行の話を聞かせてもらったとき、写真はないんですか、と訊いたら、ないんですよね、と彼は答えた。あんまり撮らないんですよ、思い出すのは好きだけど、記録にするとつまんなくなっちゃう気がして。その代わりなのか、鳴宮さんはときどき、景色を目に焼き付けようとするように、じっと動きを止めることがある。私も元々、あまり写真を撮らないほうだと思うけど、鳴宮さんといるときはますますその傾向が強くなった。スマホを取り出すことすら滅多にしない。ただ彼がふとどこかに視線を向けたら、なるべく同じものを見ようと努める。

「ありがとうございます」

彼は座椅子に腰をおろしながら言い、饅頭の包み紙を剥がして、一口で食べた。私は自分のお茶を飲む。春のときの旅館より、ここのほうが私も好きだ。少し設備が古めかしいけど、その分ほっとするような空気が流れている。もちろん、前回と今回で、同じ部屋にいる鳴宮さんへの気持ちがまるで変わっているというのも大きいだろうけど。

「……私、この後少しお散歩してこようと思うんです」

鳴宮さんは目を見開いた。

「この雪の中？　もう日が暮れるのに？」

「ほんのちょっとだけです。まだ夕食まで時間があるし」

「本は持ってこなかったんですか？」

たしかにこういう空き時間ができたら、私たちはだいたい読書をしてきた。

「持ってきてます。新幹線で読んだじゃないですか。そうじゃなくて、あの、予報だと明日は晴れなんです。恥ずかしながら、私こういう雪の中を歩くのに憧れていて、それを体験してみたいんですよ」

「今度は雪で転ぶ気ですか」

「そんなことにはなりません」私は反論する。「前にも言いましたが、私はそんなにしょっちゅうケガをする人間ではないです」

鳴宮さんはいまいち信じていない様子だった。

「僕も一緒に行きますよ」

「今回は大丈夫です、本当に。というか、ひとりがいいんです。すぐ戻ってきて、その後はまた本を読みますから」

彼は難しい顔になる。妙に過保護になってしまったのは、私が秋のときに、階段で転んだ話をしたせいなんだろう。この人はもしかしたら、私のことを妹のように……、それほどちかい存在ではないにせよ、面倒を見なければいけない親戚か後輩のように考えているのかもしれない。いまの私にとって、それはあまり喜ばしい事態ではない。

「わかりました。じゃあせめて、そうだな、僕のジャケットと手袋を持っていってください」

「手袋はありがたいですけど、ジャケットも?」

「藤間さんの、地味なんですよ」

私のダウンはベージュだった。「雪に埋もれたら見つからないってことですか?」私は笑いかけてから、鳴宮さんが両目を細めたのを見て反省した。

「お借りします」

私は急いで饅頭を食べ終え、熱いお茶を胃の中に収める。暖かい部屋のおかげもあって手足に血流が戻ってきたように感じた。鳴宮さんがハンガーから自分のジャケットを取ってきて私に着せてくれる。まだほのかに彼の体温が残っていた。私は恥ずかしがらないよう、それこそ親戚のお兄さんでも相手にしているのだと思い込もうとする。母親は一人っ子、父親には仲の悪い妹がいるだけなので、私にこんなに優しい従兄はいないのだけど。

鳴宮さんの巨大なジャケットは、私が着ると膝ほどまでの丈になった。埋もれた両手を取り出そうと袖を折りながら、「借り物感がすごい」と彼はつぶやく。

「旅館の人に見られたら笑われちゃいますね」

「僕の正気が疑われます。彼女をこんな天気の中ひとりで外にやる男だと思われる」

「いつもご迷惑をおかけします」

私はふふっと笑った。鳴宮さんが呆れたような目を向けてくる。

「藤間さんって、自分では気づいてないかもしれないですけど、なんか変に危なっかしいんですよ。スマホを持っていって、ちゃんと連絡してくださいね」

「そんなに長く外にいるつもりはありません。寒そうですし」

「十分でも長いです。十分以内に帰ってくるか、十分ごとに連絡ください」

そうは言ってもこの人は、広縁で本を広げたら私のことなんて忘れちゃうんじゃないかしら、と思わないこともなかったけど、私は一応約束をした。彼の手袋もはめる。大きくて、内側はやはりまだ温かい。「お見送りなんていりません」と断っても彼が聞かないので、私たちは一緒に部屋を出た。フロントにいた米岸さんが、重装備の私とグレイのスウェット姿の鳴宮さんを見て目を丸くする。

「藤間様、お出かけでいらっしゃいますか。どちらに……？」

私がやろうとしていることは、そこまで常軌を逸した行為だろうかと、少々恥ずかしくなってきた。

「あの、ちょっと周りの様子を見てみたくて。雪に触れることがあまりないので……」

「ひとりがいいそうです」鳴宮さんが低い声でつぶやく。「おすすめのルートありませんか、安全第一で」

米岸さんは考え込んだ。

「うちは坂の途中にありますから、行きにのぼれば帰りはくだり、行きにくだれば帰りはのぼりになりますが……、どちらかといえば、行きにのぼるほうがいいでしょうね、くだるときのほうが危ないので。坂を少し上に行くと神社があります。鳥居とお稲荷さんがあるだけですが、中は少なくとも平らですから、そちらに行かれてはいかがですか」

「徒歩何分くらい？」鳴宮さんが尋ねる。

「えっと……、五分程度でしょうか。雪に慣れていなければもう少しかかるかもしれませんが、いまはさっきより風も弱まっていますから、十分はかからないでしょう。あそこまで往復されるくらいの間でしたら、空もまだ真っ暗にはならないと思います」

「まあ、いいでしょう」鳴宮さんは渋々頷いた。「着いたら連絡してください。暗くなっても戻らなかったら捜しにいきますからね」

こちらとしてはもうちょっと気まぐれなお散歩を想定していたのだけど、心配そうな米岸さんと、両腕を組んでいる鳴宮さんを見ると言い出せなかった。私はフードをかぶる。鳴宮さんがやや強引に首元の紐を引っ張り、フードがずれないようにしてくれる。

「いってきます」

私が頭を下げると、いってらっしゃいませ、と米岸さんは困ったように微笑んだ。


ジャケットは鳴宮さんの匂いがした。

私は約束どおり坂をのぼりながら、あの人たちは大げさなのではないか、と思った。坂といっても急ではない。雪も思ったより積もっておらず、せいぜいブーツの足の甲の部分が埋もれるか埋もれないかくらいだ。私が憧れる雪国の、一歩ごとに足を引っこ抜く必要があるような深さはない。もっともそれほど積もっていたら、鳴宮さんは私の散歩を許可してくれなかっただろう。暗くもない。道路にはきちんと街灯が並んでいて、足元はむしろ明るかった。振り返ると、どこもかしこも雪の帽子をかぶった夕暮れ時の田舎町の風景と、地平線のあたりにまだじんわりと残っている橙色が美しかった。私は空の暗いグラデーションを見つめ、ひとりで来てよかった、と思った。その気持ちは、鳴宮さんがいま隣にいたらよかったのに、というのと同じくらい強い。

前に向き直ってしばらく歩いた。転ばないよう足元ばかり見ていた私は、一度神社の前を通り過ぎかけた。いまのところ足跡がついていた、と脳が遅れて認識し、立ち止まって確かめると、そこに赤い鳥居を見つけた。歩道のほかの場所に足跡はなかったので、たぶん地元の人が車で来て神社に寄ったんだろう。

私の身長の倍ほどの高さの赤い鳥居を見上げる。一番上には雪が積もっている。鳥居の向こうには二十メートルくらいの長さの参道と、その奥で豆電球みたいなものに照らされている小さなお社があった。人の姿はない。私は白い息を吐き出しながらスマホを取り出し、徒歩何分だったのかを確かめようとしたが、そもそも何時に旅館を出たのかわからないことに気づいた。右の手袋だけ外し、空気の冷たさに身を縮こませつつ、鳴宮さんに鳥居の絵文字を送る。すぐに既読がついたので私は思わず微笑んだ。読書に没頭しているわけではないらしい。

会釈するようにして鳥居をくぐった。

参道の足跡は、私のほかに一人分だった。行って帰ってきた靴の跡がうっすらと残っている。歩いてきた道よりも神社の中のほうが暗く、少し不気味さを感じつつも、ここまで来たんだからと思ってゆっくりと進んだ。雪の綺麗なところを踏むようにしたのは、鳴宮さんの影響だった。これから雪の降るたびに、私は彼の話を思い出すだろう。あの人は、そういう印象に残ることを口にすることがままある。そのせいで鳴宮さんと一緒にいないときでも、私はよく彼のことを考えてしまう。

お社の前に着いた。

ティッシュ箱ほどの大きさの賽銭箱を見下ろして、お金を持ってくればよかったと後悔した。振り返ると、入る前は短いと思った参道がやけに長く見えた。静寂は静止に似ている、と鳴宮さんは言った。静寂と神聖は似ている、と私は思う。フードを脱ぐと髪が乱れ、冷たい風が耳元を撫でた。

お社に向き合い、両手を合わせて目を閉じた。

「今夜――」

私は小声で言いかけて、なにを願えばいいのかわからなくなった。自分の幸せを？　どうなることが幸せなのだろう？

目を開ける。灰色の狐の石像を見上げる。空をちらちらと舞う雪に、私は火葬場の駐車場の桜吹雪を重ねた。待合室で正則の親族に囲まれて居《い》た堪《たま》れなくなり、外の空気を吸ってきますと言い訳して逃げ出したのだった。泣かないようにするのに必死でほとんど周りを見ていなかった私は、車止めに躓いて転ぶまで、桜の木の存在にすら気づいていなかった。

左の掌《てのひら》と両膝を強打した。あんな勢いで転んだのは、小学生の頃以来だ。痛みというよりも、精神的な衝撃で一瞬息が止まった。最初にしたのは、だれかに見られなかったかどうか、という確認だった。幸い駐車場にはだれもいなかった。桜の花びらが降ってきただけだった。私は黒いアスファルトからゆっくりと左手を剝がした。皮が剝け、血が滲み、そこにも薄ピンクの花びらがくっついていた。右手はバッグのおかげで無事だったのがゆいいつの救いだった。

よろよろと立ち上がり、近くにあった喫煙所に入った。ベンチに腰をおろしたら、閉ざされた空間に安心したのか、アドレナリンが弱まったのか、急に両膝の痛みがひどくなったように感じた。ずきずきという熱を感じ、深呼吸してから傷の程度を確かめると、ストッキングは破れ、剝き出しになった肌には砂利がくっつき、ぽつぽつと血が滲んでいるところだった。私はなぜか小さく笑った。それから涙を堪えられなくなった。正則が死んでからずっと泣けなかったのに、結局物理的な痛みが一番効くんだなというのがなんだか虚しくて、そんなことを考えるとますます泣けてしまった。

鳴宮さんが現れたのはそんなときだった。

私はびっくりして泣き止んだ。彼は最初から親切で、的確だった。救急箱を借りてきてくれただけでなく、傷口を洗う水やストッキングの替えまで買ってきてくれたのだ。普通の人はそこまで気が回らないと思う。鳴宮さんのおかげで手当てを終えた私は、雑談に応じるうちに、正則についてすべて話してしまった。そろそろ待合室に戻ったほうがいいだろうという時間になって、「再来週の旅行って、どこに行く予定だったんですか」と訊かれた。群馬のほうです、と答えたところで私は固まった。どうしました、と彼は首を傾げた。

——いえ、キャンセルができないプランだったことを思い出したんです。

——まだずいぶん日にちがあるのに？

——正確には、リニューアルオープン記念の特別料金プランだから、キャンセルしても返金はできないとメールに書いてありました。

へえ、と鳴宮さんは眉を顰《ひそ》めた。

——それ、軽率なドタキャンを牽制しているだけで、『同行者が死にました』って電話かけたら応じてくれると思いますよ。

そうですね、と私はどうにか微笑んだ。自分がそんな電話をかけるところを想像しただけで泣きそうになっていた。お金で済むのならそれでかまわないから、仕事で無理になったとでもメールを入れようと考えていたら、「それか、僕が代わりに行きましょうか」と鳴宮さんは続けた。

それは冗談だった。

少なくとも、発されたときは冗談だったと思う。彼は笑みとともに軽口を叩き、一瞬本気かと勘違いして驚いた私の顔を見下ろして、実行に移しても自分は別に困らないことに気づいたのだ。

鳴宮さんは面白がる表情になった。私はもちろん断った。どうしてですか、と彼は食い下がった。不毛なやり取りの後、まあ普通そうですよね、とやがて鳴宮さんが折れた。彼は煙草に火をつけた。その口から吐き出された煙が青空をのぼっていった。

——じゃあ、もうそれぞれ待合室に戻りましょうか。あなたはいまから恋人の骨を拾い、彼の本当の気持ちはどこにあったのか、いつまでも悩み続けることでしょう。僕は父親の骨を拾い、じゃあなって壺に落っことしたらもうあの人についてはあまり考えないようにします。再来週の今頃は、もし本当に一緒に旅に出ていたらどうなっていたかなって想像するかもしれないし、もしかしたらあなたもどこかで似たような疑問を抱くかもしれませんが、僕らの話はそこで終わりです。お互いに連絡する術はない。二度と会わない。

鳴宮さんがどんなつもりであんなことを言ったのか、私にはわからない。怒っているとか、責める調子ではなかった。むしろうたうような、優しいのにどこか投げやりな、不思議な口調だった。それでも彼と目が合ったとき、私はとても悲しくなった。その時点では、私はまだ鳴宮さんの名前すら知らなかったし、それは向こうも同じだった。知らない人。救急箱を持ってきて、話を聞いて、映画の話をしてくれた。かわいそうだ、という目を私に向けなかった。僕はあなたを冷たい人だとは思わない、と言った。

——わかりました。本当にいらっしゃる気なのであれば、連絡先をお教えします。

観念して私はつぶやいた。旅行をしたいと思ったわけではなかった。ただ、二度と会わないという選択を、あの場ですることは、どうしても無理だった。なぜなら鳴宮さんは、パニック状態だった私をわずかでも救ってくれた人だったから。その手を振り払うような真似はできなかったのだ。

鳴宮さんは、意外そうな顔をした後で笑った。私は早速後悔に襲われたけど、少なくともこれで、「もし本当に一緒に旅に出ていたらどうなっていたか」は想像しなくてもよくなった、と思うとほっとした。

それがまさか、冬になるまで続くとは。こんなに遠くまでやってくるとは。

鼻の頭に、さっきより小さくなった雪が落ちてくる。この雪は人に触れたくてここまで辿り着いたのかしらと思って私は微笑んだ。まばたきをしたら一粒だけ涙が流れ、その温かさにぎょっとする。

「——今夜、よろしくお願いします」

お社に向かってそう囁き、ジャケットのフードをかぶり直した。

参道をゆっくりと歩き、鳥居の外に出てから、スマホで「もどります」とメッセージを打って送った。すぐに既読がつく。鳴宮さんと一緒に来なくてよかった。隣にいたら、さっとこの人は、こんなにずっと私のことを考えてはくれなかっただろう。

空の向こうの橙色は、もう最後の一筋が残っているだけだった。私は白い雪の上に続いている自分の足跡と、坂の途中にある旅館のほのかな明るさと、坂の下の町並みをじっと眺め、この風景を忘れないでいたいと思った。鳴宮さんがいなくても写真は撮らない。なにも切り取らないということは、ぜんぶ残しておくのと同じだ。

旅館に着いた頃には、空は真っ暗になっていた。中に入る前にジャケットを脱ぎ、雪を払っていたら、背後で自動ドアが開いた。振り返ると鳴宮さんが立っている。

「遅い」彼はそう言って私からジャケットを取り上げた。「怒ってるわけじゃないって、米岸さんにちゃんと伝えてくださいよ」

仏頂面を向けられて、私は事情がよくわからないまま、フロントに立っていた米岸さんの前まで行き、「怒っていません」と宣言した。

「ほらね」

鳴宮さんが言い、フロント脇のベンチに座る。どうやら部屋には戻らずに、そこで待っていたらしかった。湯呑みに口をつける彼を見たら急に自分の身体の冷たさに気づき、私はちいさく震えた。すかさず米岸さんが首を傾げる。

「藤間様も飲まれませんか？　梅酒のお湯割りです」

「お酒飲んでたんですか？」私はびっくりする。

「当旅館特製でございまして、先ほどお迎えに遅れたお詫びでございます。お酒は召し上がらないようでしたら、熱いお茶をお持ちしましょうか」

召し上がりますよ、と鳴宮さんがつぶやく。人を酒好きみたいに、と私は一瞬だけ彼を睨んだ。

「梅酒をいただきます。すみません」

「おかわりはあり？」

鳴宮さんが自分の分を飲み干しながら訊く。もちろんでございます、と言った米岸さんは、鳴宮さんとはすでに打ち解けた様子だった。これだからな、と思う。鳴宮さんは、だれとでもすぐに仲良くなる。

「というか、部屋にします？」

鳴宮さんがこちらを見上げ、「ああ、それがいいですね」私が答えるより前に米岸さんが反応した。

「お部屋のほうが暖かくてゆっくりできるでしょうし。梅酒は運ばせますので」

「私が怒ってるっていう話になってたんですか？」

廊下を行きかけていた米岸さんが立ち止まり、「いえね」と穏やかに笑った。

「せっかくの旅行なんですから、二人で楽しく過ごされたほうがいいですよって話をしていたんです」

「さも俺がなにかやらかして、藤間さんが雪の中に出ていったかのような扱いで」

鳴宮さんがぼやく。彼の一人称が「俺」になるときが好きだった。素が覗いているような感じがするから。私は笑って首を横に振った。

「そういうのじゃ全然ないんです。すみません。神社のこと、教えてくださってありがとうございました。すごく素敵でした」

笑顔で会釈する米岸さんを残し、私たちは部屋に戻った。

部屋で甘くて濃い梅酒を飲んだ後、私は座卓に突っ伏して寝てしまった。冷えていた身体が暖房とお酒でぬくぬくとして、気が抜けたのだと思う。その上、今日のことを考えて、昨夜はあまり眠れなかったのだ。藤間さん、と鳴宮さんに起こされたとき、顔をあげた私は不思議な気持ちになった。春のときも私は夕食前に寝てしまったのだった。同じく前日の寝不足が祟《たた》ったとはいえ、知らない男の人と旅に出る自分の身を案じて眠れなかったくせに、いざ同じ部屋に通されたら寝てしまうなんて無防備すぎると、自分に呆れた。

「前もこうでしたよね。藤間さん、和室に弱いんですかね」

鳴宮さんも似たようなことを考えていたらしい。彼はそう言いながらリュックに本をしまう。サン＝テグジュペリの『夜間飛行』だ。帰ったら同じものを読むつもりだった。秋もひそかにそうしたように。

「ここ、どこですか」

私は訊いた。鳴宮さんはすぐに気づいてにやりとした。

「知りません。どこか遠いところです」

私は笑い、立ち上がって洗面所に行った。鏡を確かめると、腕を枕にしていたせいで頬には服の跡がつき、髪も乱れていた。手櫛で整えつつ、もう夕食か、と思う。寝落ちしておいてむしろよかったかもしれない。本は持ってきていたけれど、読んだところできっと集中できなかっただろうから。

夕食を終えたら、温泉に入って寝ることしか残っていない。

春のときの旅館では、夜、私たちは一緒に部屋を出て、大浴場前の廊下で別れた。湿った脱衣所の空気と裸で歩く知らない女の人たちを前にして、私は少しだけ目が覚めたような気がした。夕食のときからずっと、正則が勝手に宿泊プランを変更していた衝撃から回復できていなかったのだ。いったい私とどうなりたくて「いつもありがとう」なんて言葉を贈ろうと思ったのか、もし私が感激していたら、それは彼にとって成功だったのか、理解できずに苦しかった。でも、そんなふうに悶々《もんもん》としていた頭も、熱いお湯に浸かると少しはマシになった。というより、温泉を出たらいよいよあの男の人と同じ部屋に泊まるのだということのほうが、より現実的な危機だと気づいたのだ。

鳴宮さんなら本当になにもしないんじゃないか、そういう雰囲気も全然ないし、そもそも私なんかを相手にするほど困ってなさそうだし、という希望的観測と、そうはいってもわからない、男の人なんだからいつ豹変してもおかしくない、という経験則が、頭の中で闘っていた。ただ、少なくとも無理強いする人ではなさそうだと思った。流されなければいいのだ。心を強く持とう、と決意して部屋に帰った私を待っていたのは、すでに眠っている鳴宮さんだった。しかも二組敷かれた布団のうち、彼は自分の分を広縁にはみ出しそうなほど端に寄せていた。私は静かに感動し、自分を恥じた。だけど、この人はきっと一般的な男性とは違うだろう、とも思った。

秋に泊まったホテルでは、バスルームは部屋にしかなかった。あまり深く考えてなかったんですけど大浴場があるところのほうがよかったですね。夜になってから鳴宮さんは少し困ったようにつぶやき、お先にどうぞ、と続けた。その頃には私はもう彼のことを信用していたので、同じ部屋にいる状態でシャワーを浴びることにそれほど抵抗はなかった。ただ、後がいいです、と返した。きっと自分のほうが長くかかると思ったからだ。鳴宮さんはほんの十分ほどで出てきた。そして私がバスルームを使い終えた頃には、ベッドの上でやはり寝ていた。

今回の旅館は、お風呂は部屋の外だけど、大浴場でもないので、同時に入ることはできない。今夜は私が先に使わせてもらおうと決めていた。鳴宮さんに先に寝られては困るからだ。

鏡に映っている自分を、私は見つめる。

指先で頬に、次に唇に触れる。暖房のせいで肌が乾燥しているようだった。自分と睨み合うように目を合わせ、夕食はいつもどおりに、という呪文を口の中で唱える。

失礼いたします、という米岸さんの声が、廊下から聞こえてきた。

食事は懐石のコースで、メインは国産牛のステーキだった。地酒を頼んで一緒に飲んだ。私は顔が少し赤くなったけど、これくらいでは酔っ払わない。鳴宮さんはお酒を飲んでも、見た目も中身もまったく変わらない。アルコールに強いのだ。ただ、人生で一度だけ記憶をなくしたことがあると、以前教えてくれた。それはアメリカで友達と旅行中、テキーラの飲み比べをしたときで、「日本でもやったことはあったしそのときは平気だったんですけど、なにがまずかったって、そこは日本よりもずっと標高が高かったんです。登山中にお酒を飲むと酔いやすいっていうじゃないですか、あれですね。それで思いきり酒が回ったみたいで、なんかおかしいなって思った頃にはもう遅くて、店のトイレに駆け込んで吐いて、すっきりしてテーブルに戻ったところまでは覚えてるんですけど、その次に正気になったときにはもうホテルのベッドの上でした。ひどい二日酔いになっていて、俺昨日なんかした？　って訊いたら友人に好き放題いじられ、女とイチャついていたとか男とイチャついていたとか、全裸で店内を走り回ろうとしたとか、さすがにそれはしてないと思いますが、とにかくどれだけ適当なこと言われても否定できないんですよね、記憶がないから。旅先では目撃者に訊くわけにもいかないし。それであまり無茶な飲み方をするのはやめました」という話だった。

私は鳴宮さんの話を聞くのが好きだ。こんなふうに旅先で、彼が外国にいた頃の話を聞いていると、自分がいまいる場所よりもっと遠くに飛んでいくように感じられた。鳴宮さんは話し上手で、あまりにも上手なので、この人の言っていることはみんな嘘なんじゃないかという考えが、ときどき頭をよぎった。でも私は、これがぜんぶ嘘だったとしてもかまわなかった。美しい雪景色みたいに、最後にはすべて溶けてしまうとしても。鳴宮さんのおかげでこの心が一時的にでも夢をみられるのなら。

「――藤間さん？」

鳴宮さんに呼ばれて、はい、と私は返事をした。

「今日、なんか静かじゃないですか」

デザートのいちごを食べながら彼が言う。

「私、いつも静かじゃないですか？」

「僕よりは」鳴宮さんは一瞬だけ微笑んだ。「でも、いつもよりさらに静かですよ」

「ちゃんと聞いてましたよ。呼吸の話」

雪になれ、の話を気に入ったので、アメリカの高校での演劇の授業について、もっと教えてくださいと私は頼んだのだ。ほかに鳴宮さんの印象に残っているエクササイズは、生徒全員で輪になって座り、順番を決めずに一人ひとつずつ数字をカウントしていく、というものだった。二十人生徒がいたとしたら、だれかが「1」と叫び、次にだれかが「2」と続け、3、4、5……とかぞえていって、無事に「20」に到達したら終わる。ただし二人以上が同時に同じ数字を言ってしまったら、また1からやり直しになるというルールだ。簡単そうに聞こえて意外と難しいらしい。「ちょっと間が空いたときなんかが特に人とかぶりやすくて。わけのわからないゲームだって、最初は僕も思ってましたけど、要は相手の呼吸を読むってことなんですよね。周囲を観察して、間の取り方を学んで、自分の立ち位置を把握する。それに、無事に最後までカウントできたときには、なんとなく仲間意識ができあがるんです」と、鳴宮さんは説明してくれた。

「いや、僕は話を聞いてないと思ったわけでは……」

「性格も出そうですよね。最初のほうに数字を言って早く済ますか、あとのほうまで待つか。鳴宮さんは？」

「僕はだいたい、15か16か17でしたね」

「どうして？」

「発音するのが気持ちいいからです。藤間さんなら？」

「……10かな。言いやすそうだし、二十人いたとしたら、ちょうど真ん中で、まだ取り返しのつきそうなところじゃないですか」

「後半に入ってからだれかとかぶるより？」

「そうです」

　取り返しのつきそうなところね、と彼はつぶやき、ふっと笑った。私はその顔を見つめ、空になったデザート皿を前に両手を合わせる。ごちそうさまでした。

「でも、私だったら演劇の授業は取らないと思います。人前に立つと、それだけで足が震えちゃうタイプなので」

「僕だって、授業を取った時点では、役者になろうなんて欠片も思ってませんでしたよ。ただ向こうの高校は、副教科については選択制で、演劇は時間割りの位置的に、ほかの教科との兼ね合いがちょうどよかったんです。そしたら面白くなってこっちの道に来ちゃったわけですから、親父にしてみたら悲劇だったでしょうけど」

「なんの役なんですか？」私は尋ねた。

「はい？」

「その髪、どんな役の役作りなんですか」

鳴宮さんは、俳優らしい綺麗な笑みを浮かべて答えなかった。やっぱりそれは秘密らしい。お盆のとき、芸名しか知らない人たちに本名を知られたくない、と彼は言った。私が芸名を教えてもらえないのは、逆の理由からなんだろうか。私には、名前をふたつ持つ感覚がよくわからない。どうしても鳴宮さんの芸名を知りたいわけでもない。仕事や年齢が不詳でも、もっと言えば、彼女がいたり同性パートナーがいたりしても、一緒にいるときに問題が起こったことはないのだから、旅に出ている間はそれでいいのだ。ただ、今後もし鳴宮さんに会えなくなっても、芸名さえ知っていれば、仕事の情報を通して彼の存在を確認できるかもしれない、という希望がある。だからせめてヒントだけでも欲しい——、というのは、不純な動機だろうか。

そのうち会えなくなるのは、きっと仕方がない。

でも、この人の生きている世界に自分もいる、という確証が欲しい。

「藤間さん？」

鳴宮さんが呼ぶ。やっぱりあなたは今日静かですよ。そういう目をしていた。私は右手で髪留めを取り、落ちてきた髪にばさばさと触れる。彼は鋭い人なので、これ以上話をしていたら、隠しきれなくなる予感がした。

「少し疲れているのかもしれません。あの、先にお風呂に入ってもいいですか。温泉はひさしぶりなので、ちょっとゆっくり浸かるかもしれないんですけど」

私は言う。二秒ほど間を空けてから、どうぞごゆっくり、と彼は微笑んだ。

展望風呂は、親しい者同士が二人で入ることを前提とした造りになっていた。部屋ごとの貸切なんだから当然かと、私は内側の鍵をかけながら思う。脱衣所にはちいさな鏡台が置かれ、椅子はふたつ、ドライヤーもふたつだった。私は荷物を棚に置いて服を脱ぎ、体重計の横の全身鏡に映った裸の自分をちらりと見てから、からからから、とお風呂場に続く引き戸を開けた。洗い場のシャワーもふたつで、温泉は、四人くらいなら問題なく浸かれそうな広さがあった。一部屋三人までは泊まれることになっているので、家族連れや友人同士で入ることもあるんだろう。私ひとりにはかなり贅沢なサイズだ。温泉の横に大きな窓があり、竹垣に囲まれたちいさな庭を映している。黒い窓枠に切り取られた雪景色。墨絵みたい、という鳴宮さんの言葉を思い出し、私は一瞬だけ微笑む。

シャワーを浴びてからお湯に入った。

浴槽は砂色、お湯は白濁色で、ぬるっとしていた。最初は熱すぎるように感じたけど、足の先から少しずつ慣れていった。隣の展望風呂にも鍵がかかっていたので、別の部屋に泊まっているもう一組も、ちょうどいまお風呂に入っているんだろう。夫婦かカップルか、あるいは友人同士か、どんな組み合わせかはわからないけど、防音がきちんとしているのか、耳を澄ましても音は聴こえてこなかった。ここにいる自分はだれにも邪魔できない、という事実に私は安心を覚える。

脱衣所には鍵がかかっているし、スマホは部屋に置いてきた。鳴宮さんはきっと広縁で本を読んでいて、気持ちよく温泉に浸かっている私を心配することはない。雪の中で神社にいたときより、私はもっとひとりだ。

去年一年で、私はひとりで生きるのが上手になったと思う。それは正則のせいではなく、鳴宮さんのおかげという気がする。

浴槽横の窓は開けられるようだった。虫が入ることがあります、と注意書きがしてある。私は全身が温まってから、少しだけ開けてみた。十五センチほどの隙間から、冬の夜の冷たい風がひゅうひゅうと入ってくる。手を伸ばして窓の傍の雪に触れると、当然ながらすぐに溶けてしまった。私は浴槽から身を乗り出し、石の上に積もっていたやわらかい雪を一握りする。熱い掌の中で、さらさらとした冷たいものが、一瞬でぐしゃぐしゃになる感覚に鳥肌が立った。なにか罪深い行為でもした気になって、すぐに手を引っ込める。ぱたんと窓を閉め、肩までお湯に浸かると、右手は全身と同じ温度に戻っていった。

身体が充分に温まってから一旦あがり、洗い場でていねいに全身を洗った。仕上げにもう一度温泉に浸かった後でお風呂場を出た。脱衣所の時計を確かめると、中にいたのは四十分ほどだった。私は鏡台の前で、意識してゆっくりとスキンケアをした。温泉でしっとりとした肌に化粧水を重ね、顔にも身体にもクリームを塗り、髪にヘアオイルを馴染ませてドライヤーを当てる。

髪が乾いていくにつれ、心臓がどきどきして仕方なかった。

鏡の中の自分は、相変わらず挑むような目つきで、何度も「本当に？」と確かめてくる。本当に。私はその度に答えた。決めたことはやり通さなければいけないと思う。しないで後悔するくらいならして後悔するほうがずっといいと、私は春に学んだはずなのだ。乾いた髪にブラシを通し、鏡台周りを片付けてから深呼吸をする。準備完了。

旅館の浴衣を着て廊下に出た。

火照った裸足に、備え付けのスリッパの冷たい感触が少しだけ気持ち悪い。隣の展望風呂もすでにお客さんが出た後で、館内は静まり返っていた。廊下とは孤独な場所だ。ぺたぺたとスリッパの音を鳴らしながら部屋の前まで戻り、引き戸を開けた。お待たせしてすみません、といつもと同じ調子で私は言う。鳴宮さんは予想どおり広縁で本を読んでいた。浴衣に着替えているのは、あの恰好でお風呂に行くほうが、荷物が少なくて済むからだろう。彼はいつでも軽装を好む。おかえりなさい、と鳴宮さんは本から顔をあげずにつぶやいた。キリの悪いところらしい。

私がお風呂に入っている間に係の人が来たようで、夕食の下げられた座卓は隅に寄せてあり、部屋の真ん中には布団が敷いてあった。さらに鳴宮さんの布団は、すでに広縁側にずらされている。律儀な人だ。私は自分の布団の上に座り、静かに荷物を整理した。やがて彼が、ふ、と息を吐いた。

「どうでした？　温泉」本を置いた鳴宮さんが訊いてきた。

「気持ちよかったです。長々ありがとうございました」

私は顔をあげて返した。いいえ、と鳴宮さんは微笑み、じゃあ僕もいってきますと、タオルを持って立ち上がった。いってらっしゃい。私はバッグの中を見るふりをして俯いていた。彼が横を通ったときは、そのくるぶしだけを目で追った。引き戸が閉められてから初めて、私は大きく息を吐き出した。カウントダウンの始まり。準備――、というか、いよいよ覚悟を決めなくちゃ、と立ち上がろうとしたところで引き戸の開く音がして、私は危うく悲鳴をあげかけた。

「あれ、どっちが僕らの風呂ですか？」

振り向くと、顔だけ部屋の中を覗く恰好で鳴宮さんが立っていた。私はどうにか平静を装う。

「えっと――、別にどちらでもいいんです。好きなほうを選んで中から鍵かけちゃえば、それで貸切です」

ああ、そういうことか。彼はつぶやいてまた出ていった。私は布団に座り込んだまましばらく動けなかった。五分間くらい。鳴宮さんはもう間違いなくお風呂に入った、と確信してからやっと立ち上がり、洗面台で手を洗って湯上がりの自分を見つめた。それからさっきまで彼が座っていた広縁の椅子に座った。膝を抱えて背もたれに寄りかかる。窓の向こうの暗闇に浮かび上がる白い雪と一緒に、窓に映る自分も見えた。身体が細かく震えていることに気づき、私はますますきつく膝を抱え直し、膝頭に額をつけて目を閉じた。いつかこの身体が燃えて灰になり、風に飛ばされて消えていくところを思い浮かべる。大丈夫だ。私と鳴宮さんの時間は、一泊二日以上は続かない。これからこの部屋でなにかが起こったとしても、なにも起こらなかったとしても、明日になれば旅行は終わるのだから、きっと大丈夫。


引き戸の開く音がした。

私は自分の布団の上に横座りしていた。鳴宮さんは「髪が長いと乾かすのが面倒で――」と言いながら部屋に入ってきて、入り口で固まった。さっき移動させたはずの彼の布団が、私の布団の隣に戻されていたからだろう。

「あの、お話があるんです」

私は言った。

はい。鳴宮さんは、彼らしくないちいさな声で応じると、注意深い足取りで部屋を横断し、首にかけていたタオルを広縁の椅子にかけた。まだ少し濡れているような髪をかきあげてから部屋を見回したものの、特に言うべきことは見つけられなかったらしい。広縁を出て、自分の布団の上にあぐらをかいた。私との距離は二メートルくらいだろうか。お互い浴衣を着ていて、どちらも羽織は使っていない。彼は、それで？　と問いかけるように、かすかに眉をあげてこちらを見た。私は素早く息を吸い込み、促すように、自分の枕元に視線を向けた。鳴宮さんが、そこにいくつかコンドームが置いてあることに気づいて驚いた顔になる。

「これを使ってほしいんです。今夜、ここで、私に」

心配していたほど声は震えなかった。むしろ鳴宮さんの喉から、奇妙に濁った音がした。私は彼が素早くまばたきをする様子をじっと見つめる。こんなふうに動揺するとは予想していなかったのだ。もっと――いつものように――面白がるかと思っていた。

「どうしたんですか。あの……、もしかして酔って……」

「酔ってません」私は遮るように否定した。「私は、お酒でこうなることはありません」

「こういうのは、えっと、ないという約束だったのでは？」

「最初はそう思っていました。気が変わりました。でも、鳴宮さんが絶対に無理というのであれば、もちろん諦めます」

「無理っていうか僕は……」彼は何度か口を開閉させた。「これってあれですか、告白というか、これからお付き合いを始めましょう、という……」

「違います。今夜ここでこうする以外に、特になにも求めていません」

鳴宮さんは眉を寄せて黙り込んだ。左手で口元を覆い、数秒してから、「あのすみません、水を飲んでもいいですか」と彼は言う。もちろんどうぞ、と私は返した。温泉の後は喉が渇く。よくわかる。

立ち上がった彼は、広縁のテーブルにあったペットボトルの水を飲み干した。は、と息をつき、布団には戻らずに広縁の端から端を往復する。心底混乱した目を向けられて申し訳ない気持ちになった。

「あの、いまのは短いバージョンです」私は言った。

「なんですか?」

「現状の説明について」

「長いバージョンをお願いします」懇願するような口調だった。「ぜひ」

私は布団の上で座り直した。鳴宮さんはやや躊躇ってから、広縁の椅子に腰をおろした。彼のテリトリー、彼の安全地帯。

「先月、友人に勧められて、マッチングアプリに登録しました。やったことありますか?」

ありません、と鳴宮さんが少し掠れた声で答える。

「私も初めてでした。でも、普通なら知り合う機会のない人と出会えるよ、いまの紗奈に必要なのは新しい出会いだよって言われて、そうかもしれないと思い、やってみることにしたんです。私、元々友達も少ないし、彼女たちはみんな正則を知っていたし、正則のことを知っている人に、新しい男の人の紹介なんて頼みづらいでしょう。でも、すぐに向いてないって気づきました。知らない人と話すことなんて、私、ないんです。どこに住んでるんですかとか、休日どんなふうに過ごしてるんですかとか、そういう会話に興味を持てないし、相手に自分のことを知ってほしいとも思えなくて。でも、そのうち一人とは、ちゃんと食事まで進みました。男の人の選んだお店で、銀座にあるイタリアンだったんですが、すぐ隣のテーブルにもう一組、同じようにマッチングアプリで出会い、同じように初めて待ち合わせたらしい男女がいました。私はその時点で居堪れなくなり、気が散ってしまって。だって、予約時刻もコース内容もまったく同じだったんです。隣のほうは女の人が盛り上げ上手で、話が弾んでました。こちらは私が喋り下手だから、男の人が頑張ってくれました。悪い人じゃなかったんだろうと思います。映画鑑賞が趣味だそうで、最近観て面白かった映画やドラマについて、いろいろ教えてくれました。デザートにティラミスが出たんですが、私が手をつけないのを見ると、食べないの、と彼は訊いてきました。苦手なんですって答えたら、じゃあもらってあげるよって手が伸びてきて、すでに食べ終えていた彼のお皿と交換されました。汚れてくしゃくしゃのナプキンが載っていて、それを見下ろしただけで私、その男の人が無理になったんです。自分はなんて心の狭い人間なんだろうってびっくりしました。男の人も絶対に楽しくなかったはずなんですけど、無事にレストランを出たら、もう一軒どこかで飲もうよって誘われました。二軒目は俺が奢るからって」

「——一軒目は、藤間さんがもったってことですか?」

腕を組んで話を聞いていた鳴宮さんが、やや前傾になった。違います、と私は首を横に振る。

「割り勘でした。アプリのプロフィール欄に選ぶところがあるんです。デートでは男性に支払ってほしいか、場合によるか、割り勘がいいか。女性が支払うっていう欄は、そういえばないですね。とにかく私は割り勘にしています。それで二軒目に行くことになりました」

「行ったんですか」

「帰ろうとはしたんです。でも、悪いですから、って言ったのがいけなかったんでしょうね。遠慮しないでって肩を抱かれてどう断ればいいのかわからなくなったんです。近くにあったバーに入ってカウンターに座ったら、次は紗奈さんの話も聞かせてよってその人は言いました。旅行が趣味なんだよね、最近どこに行ったのって」

「旅行が趣味」鳴宮さんがつぶやく。初耳だ、というふうに。

「趣味の欄に書くことがなかったんです」私は弁解した。「それに前よりはこうして出かけているわけですし――。だから私は、秋の旅行の話をしました。海を見にいったと。彼は不思議そうに、いろいろ質問してきました。夏じゃなくて秋に？　だれと？　どこの海に？　なにをしに？　私は嘘ばかりつくことになりました。よく知らない男の人と、観光地でもない海に行ってただぼんやりしていたなんて、言葉にするとわけがわからないから。友達と、ちょっと予定が空いたから、閑散期のリゾート地なら安くて景色がいいかなって考えて……みたいな話をしました。そうしたら、写真見せてよって流れになったんです。ないんですって答えたら、そんなのおかしい、女の子二人で旅行して、一枚も写真を撮らないなんてありえないでしょって、変な顔をされました。もちろん女友達と行ったんだと思われますよね。私がどうしても写真を見せようとしないので、最後は盛り下がりました。変わってるねって言われて、私は大学生の頃の飲み会を思い出しました。男の人って、つまらないと思った女の子によくそう言いますよね。カクテルを二杯ずつ飲んで、バーを出たのが十時です。外に出た途端に彼がそわそわし始めて、私は虚しくなりました。それでもこの人は、私を抱けてしまうんだなあって」

私はひと息ついた。「それで？」鳴宮さんがじっとこちらを見る。

「さすがにそれ以上は、流されませんでした。お礼を伝えて家に帰って。でもその日のうちに、今日は楽しかったね、次はイルミネーションでも見にいこうよってメッセージがきて、私はその人をブロックして、連絡先を消して、マッチングアプリを退会しました。新しく男の人と付き合うのにこういうプロセスを踏む必要があるのならもう自分には一生できない気がしました。そんなことより雪が見たい、きらきらしたものなんてひとつもなくていいから、ただ真っ白で静かで、だれもいないところに行きたいと思いました」

「それで僕に連絡をくれたんですか」

そうです、と私は頷いた。

「秋に私が車を降りたとき、次は冬、藤間さんの旅ですねって、鳴宮さんは言いましたよね。あれは冗談だったのか本気だったのか、本気だったとしたら、私たちはいったいどういう関係なんだろうと思いました。たとえば私に、本当に新しい恋人ができたとしたら、近々あなたではない男の人と一泊二日で旅行してくるねなんて、普通は言えないわけでしょう。そうなると、鳴宮さんと旅に出たいと思っている限り、私は新しい人と交際したり、ましてや結婚したりなんてできないんです。それなら私は鳴宮さんとお付き合いしたいのかしらとも考えてみましたが、それも違う気がしました。私たちが、銀座で待ち合わせてデートするなんて場面は、想像できません。だいたい鳴宮さんにはもう付き合っている方がいてもおかしくないですし――」彼は片手をあげ、いませんよ、とつぶやいた。「――特定の相手はいないにしても、遊んでいるのかもしれないし、芸名のほうでは別人のようなのかもしれないし、そうだとしても、特に嫌な気持ちにはならないし。だから、彼女になりたいとかではないんです。ただ……、触ってほしいと思うことはあります。そういう瞬間はあるんです。一泊二日の間なら許されるかもしれないと思いました。この不思議な旅行だってあと何回できるのかわからないし、ある日突然鳴宮さんと連絡がつかなくなったらおしまいなんだし、機会があるうちにお願いしようと決めたのでした。……以上、長いバージョンです。すみません、私のお水もいただけますか。冷蔵庫の上にあると思うので、投げてください」

　こんなにたくさん喋ったのは、喫煙所で会ったとき以来だった。言葉に詰まってうまく説明できないことを心配していたけど、むしろ喋りすぎてしまったように感じた。数秒動かなかった鳴宮さんは、ふと気づいたように、ああ、と顔をあげて立ち上がった。彼は広縁の端にある冷蔵庫の上に私の飲みかけのペットボトルを見つけると、わざわざ手渡しに来てくれる。投げてかまわなかったのに。ありがとうございます、と言って受け取り、私は蓋を開ける。彼は自分の布団の上に立ってこちらを見下ろした。

「……藤間さんって、僕のこと、いまだによく知らない男の人だと思ってるんですか？」

「思ってますよ」ボトルから口を離して私は答える。「鳴宮さんは、私のこと、よく知っている女の人だと思ってるんですか？」

　彼はわずかに目を見開いて髪をかきあげた。

「それは、よく、とは言えないかもしれませんが……。でも、僕はけっこう自分のこと、話してますよね。訊かれたらなんでも――、芸名以外は答えてきたし、祖母にだって会わせたくらいなんだから」

「いままで話してたことって、ぜんぶ本当なんですか？」

「嘘だと思って聞いてたんですか？」

鳴宮さんの声が大きくなった。私はボトルの蓋を閉めて俯く。

「そういうわけじゃありません。ただドラマティックな出来事が多かったから。というか、鳴宮さんと出かけるときはいつも、半分夢みたいな気持ちでいるので……」

藤間さん。彼は言い、しゃがんでこちらと視線を合わせた。

「僕はたしかに適当なことをよく言う人間ですが、あなたに嘘をついたことはありません。最初に会ったときからです」

真面目な顔でそう告げられて、私は思わず目を逸らした。失敗した。軽いノリで実行に移してもらえるか、苦笑混じりに上手に断られるか、どちらかだと思っていたのだ。それなら受け止める準備ができていた。こんなふうになるとは思っていなかった。

部屋がしんとする。枕元のコンドームを見て、私は心の底から恥ずかしくなった。調子に乗って、ばかな夢をみた。自分には向いていないことをした。

「――失礼なことを申し上げてすみませんでした。忘れてください」

連なったコンドームをポーチの中にしまい込む。鳴宮さんはその場から動いてくれない。どんな表情をしているのかは怖くて確かめられなかったけど、笑っていないのはわかった。私は早口で言った。

「朝食は八時です。勝手に布団を動かしてごめんなさい。私はもうなにもしませんが、近すぎたら離していただけますか」

おやすみなさい、と頭を下げてから立ち上がり、照明を消した。これ以上鳴宮さんに見つめられるのには耐えられなかったからだ。あまりにも一方的すぎやしませんか、とつぶやく声が聞こえたけど、私は布団に入り、彼に背を向ける恰好で目を閉じた。かすかなため息をついた後、鳴宮さんも布団に入ったようだった。私も静かに息を吐く。涙はきっと堪えられないけど、嗚咽を漏らさないようにすることはできる。横向きになって泣くと、涙は耳に入ることなく、ただ枕に吸い込まれる。泣きながらだろうと、目を瞑っていれば人はそのうち眠れることを、私は去年学んだ。

藤間さん、と彼が呼ぶ。

私が返事をしないでいると、起きてますよね、と鳴宮さんは続けた。布団が隣り合っていると、声も気配もこんなに近いのだ。

「このまま寝て、明日起きて、それからどうなるんですか。——答えないのなら、そっちに行って起こしますよ」

低い、苛立っているような口調だった。私は短く息を吸い込む。

「朝食は八時で、チェックアウトは十時です。駅までは送ってもらえます」

「それから?」

「それから、東京に帰ります」

「どこにも寄らずに?　春も秋も、どうってことない場所だろうと、どこかには行きましたよね。

ランチまでは一緒だった」

「……三駅先で降りると、もう少し栄えた街に出ます。お土産物屋さんや図書館もあるので、鳴宮さんなら、行かれたら楽しいと思います」

「でも、あなたは来ない？」

私は一瞬だけ笑った。

「いくら私が恥知らずな女でも、そこまではできません」

「春は？」

「春？」

「次は僕の番ですよね。春になって僕がどこかに行こうと誘ったら、一泊二日なら、あなたは来るんですか」

「来ません。これは明日でおしまいです」

「なら、僕が今夜あなたを抱いたら、これは――僕らは――春まで続くんですか？　セックスがパッケージの一環みたいになって？」

私は暗闇の中でまばたきをした。そんなふうに続くことを望んでいた気がする。鳴宮さんが飽きるまでは。

「……きっと。春にならないとわからないですけど」

「じゃあ、なんですか。俺が手を出さなかったら二度と会えなくなって、手を出したところでたかだか数ヶ月先の約束すらしてもらえないってことですか？」

声しかわからないけど、鳴宮さんは明確に怒り始めているようで、そんなつもりのなかった私は戸惑った。

「約束なんて……、これまでもちゃんとしたことなかったじゃないですか。私はただ同じように……」

「同じでいられるわけがないでしょう。俺のことをなんだと思ってるんですか。さっきなんて言いました？　付き合っている方がいてもおかしくない？　最初に言いましたよね、いませんって。それも嘘だと思って聞いてたんですか？」

喫煙所で、僕が代わりに旅行に行きましょうかと提案されたときのことだ。動転した私は、それなら旅行を丸ごと差し上げますと返したのだ。男女で行けば旅館側はそれが私と正則だと認識するだろうから、彼女さんと行かれればいいじゃないですか……、と。鳴宮さんは笑いながら首を横に振った。彼女がいたら僕も、こんなこと言い出したりしませんよ。

「あれが嘘だったとは思ってません。でもあれからずいぶん経ってるし、会っていない間の鳴宮さんのことを私は知らないから……」

「それはお互い様でしょう。ある日突然連絡がつかなくなるって？　僕がですか？　いったいどの言動のせいで、僕はそこまで不誠実な人間だと思われたんですか」

「お、怒らないでください」

寝返りを打って隣の様子を窺いながら、弱々しい声で私は頼んだ。無茶言わないでください。鳴宮さんがそう返し、がばりと身体を起こしたのがわかる。

「なにかものすごく失礼なことばかり言われましたよね。思い出すほどに腹が立ってきて、こんなに頭にきたのはひさしぶりで、自分でも止め方がわかりません。死んだ恋人と、アプリで知り合って一回会っただけの男がどちらもろくでもなかったってだけで、男なんて全員クズばっかりだと絶望したんですか？　恋愛や結婚なんて信じられないから、人恋しくなったら手頃な遊び人に抱いてもらって適当に済ませようと？」

「そんなこと言ってません！」

私も起き上がった。暗い部屋の中、どちらも半身を起こした状態で睨み合う。

「私は――、私が絶望しているのは、男の人に対してじゃないです。自分です。男の人を信じられなくなったんじゃなくて、自分のことを信じられなくなったんです。信じることを信じられなくなったんです。鳴宮さんのことを手頃だなんて考えたこともないし、遊び人だと思ったわけでもありません。もしそうだったとしてもかまわないって言いたかったんです。私と会っているとき以外のあなたが何者でもいいって。自由な人だと思ったから。そのままなにも変わってほしくなかったから。一緒にいる間の、一晩くらいなら許されると思った、それだけです」

「さっきから、許されるって、なんなんですか？　だれがなにを許すんですか」

私は息を吸い込んだ。さっきもそう言ったんだっけ、もう覚えていない。

「たぶん……、私が、私の幸せを？」

そうつぶやいてから、私は頰を流れた涙を払うように拭った。

「ごめんなさい。私は私のことしか考えていませんでした。鳴宮さんを侮辱する気はなかったんです。あなたが善良な人だってことは知っています。それこそ出会った日に、救急箱を持ってきてもらったときから。非常識なことを頼んだと反省しています。お願いですから、もう寝てください」

鳴宮さんが動く様子はなかった。仕方がないので私が先に横になった。痛いほどに唇を噛む。泣き声をあげずにいるのはもう難しそうだった。私のほうが布団を離して、なんなら部屋も出て、どこかに消えてしまいたかった。いつもみたいに過ごしていれば、少なくとも春まではいままでどおり続いていたのに、という後悔が押し寄せてくる。でも、それでも賭けてみたかったのだ。いつか突然、理由がわからないまま終わってしまうくらいなら、行動を起こしたほうがマシだと思った。人なんていつ死ぬかわからないし、死んだらなにかを訊くことも、求めることもできなくなるのだから。

鳴宮さんが長く息を吐いたのが聞こえた。

「熱烈な告白をされたんだか、手酷く振られたんだか、わけがわからない」

そうつぶやいた彼の気配が、急に近づいた。私がぎょっとして振り返るよりも早く、鳴宮さんが私の布団を引っ張って中に入ってくる。

「なに、なにしてるんですか」

「僕とこうすると、藤間さんは幸せだって言うんですね」

「もういいです」

「僕がよくありません。このまま明日になって別れたら、連絡がつかなくなるのは藤間さんのほうでしょう?」

そんなこと、と私が言い終えるよりも先に、鳴宮さんの右腕が私の背中を引き寄せ、唇同士がぶつかった。短いキスを二回。待ってください、と訴えかけたところでもう一回。まだ怒ってる、と思った。怒っている人にキスをされたのは人生で初めてかもしれない。

「どこにやったんですか？」

　喋ると唇が触れ合う距離で彼は訊いた。

「なにをですか？」

「ゴムです。やたらたくさんありましたけど」

「あれは箱からそのまま持ってきただけで――」

「出しておいたほうがいいですよ。あとで困るでしょう」

「私はもうそんな気分では――」

　言葉はまたキスで遮られる。彼の唇は涙で濡れた私の頰を滑り、左の耳たぶにくっついた。気が合いませんね、と耳元で囁かれる。これが鳴宮さんの唇なのだと思った。私がずっと、ときどき盗み見ていたあの薄い唇――。浴衣の帯が引っ張られてほどける。体温の高い彼の手の行く先に気を取られ、私はキスのカウントを見失う。

「いいですよ。わかりました。僕だってあなたとのことはいろいろ考えてましたけど、あなたが一晩だけしかいらないと言うのなら、もうそれでいいです。僕は一晩中をもらいます。愛の言葉も永遠も、今夜ぜんぶ渡します。あなたは信じないだろうから、明日家に帰ったら捨ててください」

　口を開けば塞がれるので、私はもう反論できない。どうにか息継ぎをしながら、私は布団の脇に置いたはずのポーチを見つけようと、必死に手を伸ばした。


　それからどれくらい経ったのかわからない。

最後に意識のあったとき、部屋はまだ暗くて、いまは障子の向こうが白っぽくなってきているから、私は少し寝たんだと思う。たぶんほんの数時間、夢もなにもみない純粋な眠りを。起きてしばらくぼんやりとしてから、自分が広縁側、つまり鳴宮さんの布団の上にいると気づいた。始まったのは私の布団の上だったのに。

私も、私のすぐ後ろにいる鳴宮さんも、どうやらなにも着ていない。私の背中は彼の胸元にぴたりとくっついていて、彼の腕は私のお腹のあたりに乗っており、重いというよりも暑かった。いま何時だろうと考える。身体を動かさずに見える範囲に時計はない。スマホは――、七時二十分にアラームをかけて、部屋の隅のコンセントに挿してある。だから、少なくともそれよりは前になるはずだ。

怠くなって目を閉じる。

再び眠りに落ちる前に、鳴宮さんの腕がびくりとしたので目を開けた。背中越しに感じる呼吸の調子が変わったから彼が起きているのはわかったけど、腕はそれきり動かなくなった。

「おはようございます」

私から言った。声は掠れていてちいさかった。「……起こしましたか」そう返した鳴宮さんの声も、低くしゃがれている。

「半分くらいは起きてました」

「もう半分起こしてすみません」

ふ、と私が短く笑ったのと同時に腕が離れた。急に腰のあたりが軽くなり、ずれた布団の隙間から入ってきた空気を冷たく感じる。昨晩どこかのタイミングで、暖房を消したことを思い出した。

「いま、何時です？」

「知りません」

「これ、藤間さんの水、飲んでいいですか」

身体をひねって確かめると、鳴宮さんは私の布団の横に転がっていたペットボトルを掴んだところだった。どうぞ、と私は言う。上半身を起こした彼は、それを一気に半分くらい飲んでから差し出してきた。私は胸元まで布団を引っ張って起き上がり、残りの水を少しだけ口にする。ひんやりとした液体が喉を通っていく。じっとこちらを見てくる視線に居心地の悪さを覚え、私はボトルを置いた。

「――なんでしょうか」

「七時少し前です」どこで確かめたのか、鳴宮さんが告げる。「ここの温泉って、朝も入れるんですか？」

「九時までは入れます」

「入りません？」

私は二秒ほど固まった。「入りません。でも、あの、入ってきたければどうぞ」

鳴宮さんは息を漏らして笑い、また布団の中に戻ってくる。一枚の掛け布団をふたりで共有しているわけだから、きちんと身体を隠すために、私もまた横たわらなければならなかった。私の布団の足元、ほとんど部屋の入り口あたりに放ってある私の浴衣を着直さないとここを出られない。昨日あれだけのことをした後で、いまさら裸を隠そうとする試みがどれほど矛盾していたとしても。

「温泉、行かれないんですか」

「行きません。朝飯は八時でしたね。寝直します」

間近で見つめ合うのも気詰まりなので彼に背を向けると、鳴宮さんの左腕が再びさっきの位置に伸びてきて身体を引き寄せられた。ふりだしに戻る。

「銀座がだめなら、上野あたりで会えばいいじゃないですか」

鳴宮さんが眠そうな声でつぶやいた。

「……昨日の話してます？」

「僕と銀座では会えないって言いませんでした？」

「あれはたとえ話です。私と普通に会うところ、鳴宮さんは想像できるんですか？」

「できません」即答してから、彼はかすかに笑った。「僕ら、普通に会ったこと、ないですからね」

「そうでしょう」

「でも、案外うまくいくかもしれない。だめになるとしたら、きっと藤間さんが僕に幻滅するからですよ」

私は彼の腕の中で振り向こうとした。「本気で言ってます？」

「藤間さんにとってこの旅行は夢みたいなものなんでしょう。僕にとっては現実だから。地に足がついているっていうのかな。鳴宮庄吾ってこういう人間だったかもしれない、って思い出していくような感じです」

「地に足、つけたいんですか?」

彼は答えなかった。しばらく黙り込むと、「銀座のレストランはありませんが、宇宙船に乗る想像ならしたことがあります」と言う。

「……私と?」

「地球はそろそろ滅びそうなのでみなさん二人一組になって宇宙に脱出してください、どれだけ時間がかかるかわかりませんが、運がよければ火星に着いて生き延びることができます、っていうアナウンスがあったとしたら、自分は藤間さんを誘うだろうなって。僕にとってあなたは、そういう存在です」

「なんですかそれ」

私は呆れて笑い、泣きそうになって、本当に泣いた。夢のような現実と、現実のような夢。私は昨日の駅の待合室を思い浮かべる。宇宙船もあんなふうだといい。暖かくて狭くて明るくて、私たちしかいない。それならたしかに信じられるだろう。ほかになにもなければ。

鳴宮さんが腕に力を込め、彼の鼻筋が首の後ろに触れた。

「藤間さん。お願いだから、次の約束を俺にください。どこにでも連れていくので」

「どこにでも?」

どこにでも、とくぐもった声が返ってきた。私は抱きしめられたまま呼吸をする。寝返りを打とうとしたら、鳴宮さんは腕の力を緩めてくれた。額のつきそうな距離で向かい合う。昨夜は照明をつけなかったから、こんなに近くで彼の顔を見るのは初めてだった。私は右手で鳴宮さんの左頬に触れる。彼の肌は綺麗で、温かくて、髭が数本生えていた。指先で耳の上を通ってぼさぼさの髪を梳《す》く。彼はされるがままになっている。

「私、あなたの出る舞台を観たいです」

そう告げると、鳴宮さんは顔をしかめた。「そうくるか――……」呻きながら私の右手を自分の左手で摑んで布団に押し付け、私の上に乗るように体勢を変える。キスをされるかと思ったら違った。彼は私の顔のすぐ横に額をつけてため息をついた。「そんなに知りたがっている素振りなかったじゃないですか」耳元で鳴宮さんがつぶやく。

「そんなに知りたいわけではないです」私は認めた。「嫌ならいいですよ」

「藤間さんって、そういうことしますよね」

「そういうこと？」

鳴宮さんが顔をあげて、私を見下ろす。

「じゃあ、こうするのはどうですか。僕はあなたを、次の舞台の千秋楽に呼ぶので、終わったらそのまま一緒に藤間さんの家に帰って泊まらせてもらう」

「私の家に鳴宮さんが泊まるんですか？　どうして？」

「あなたが僕の舞台を観たいように、僕はあなたの家に行きたいからです。どこに住んでいて、どんなふうに暮らしているのかを知るために」

「狭いですよ。引っ越したばかりで、まだ家具も揃ってないし」

鳴宮さんは数秒黙り込んだ。

「引っ越したんですか？　いつ？」

「先月の半ばです」

「そういうところなんですよ」鳴宮さんは脱力したように、再び布団に額をつけた。「藤間さんは、この関係が終わるとしたら僕からだって信じてるんでしょうが、絶対にあなたからですよ。そのうち、そういえば私先月結婚したんです、とか言い出して突然いなくなるんでしょう」

「そんなことしません」私は自分の顔が熱くなったのを感じた。

「絶対に？」

「しません」

「じゃあ、僕があなたの傍にいさえすれば、これは一生続くんですね」

彼が低い声で言い、顔をあげて私を見た。私は見つめ返す。一生、という言葉をこの人が使うとは、全然思っていなかったのだ。

「次に会ったら、あなたは僕の舞台を観て、僕はあなたの家に泊まる。言っておきますが、舞台のスケジュールに合わせたら来月には会うことになりますからね。これから毎月会えば、藤間さんももう俺のことを、よく知らない人だなんて言えないでしょう」

「……そうですね」

私が応じると、鳴宮さんはくつくつと笑って身体を離した。

「まだ信じてないですね」

彼はするりと布団を抜け出し、自分の浴衣を拾って立ち上がった。広縁に立ち、こちらに背を向けて浴衣を着る鳴宮さんの後ろ姿を、私は布団の中から見つめる。鳴宮さんの身体が離れたこの布団は寒々しい、それを知っていることが幸福なのか不幸なのか、私にはよくわからない。昨夜があったことの喜びと、昨夜がもう二度とこないことの寂しさを、どう扱えばいいのだろう。

いままでどうして、そういうことに気づかずに生きてこられたのだろう。

鳴宮さんが障子を開けると、雪の反射するきらきらした光が部屋の中に射し込んできた。まあいいですけどね、と彼は言う。

「あなたは遠い未来は信じなくても、明日の約束は裏切らない人だから。一泊二日をあと百回くらい繰り返したら、それはもう生活の一部でしょう。気長にいきます」

鳴宮さんは椅子にかけていたタオルに触れた。乾き具合を確かめているらしい。「藤間さん、昨日の夜、どっちの風呂場使いました？」

「廊下の奥にあるほうです」

「やっぱり」

「やっぱり？」

「どちらも空いていたから見比べたんですけど、そんな気がしたんです。脱衣所になんの痕跡も残さないところがなんとなく。なら、あの雪をぐしゃぐしゃにしたのもあなたですね」

溶けていく雪の感触を右の掌が思い出す。首にタオルをかけた鳴宮さんを、私は布団の中からじっと見上げた。

「鳴宮さん、雪食べたことあります？」

「ありますよ」

「初めて雪を見る子どもって、犬もそうですけど、口を開けて食べようとしますよね。私、あれがいいです」

「……なにがですか？」

「もし雪に生まれ変わるとしたら」

彼はため息混じりに笑った。それから布団に膝をつき、寝転んだままの私に覆いかぶさってキスをした。いまの私は雪ではないので、溶けない。一生これが続く夢を、私は一瞬だけみる。

「温泉行きましょうよ」

唇を離して彼は囁いた。

なら浴衣を取っていただけますか。私は言い、微笑んだ鳴宮さんの手を摑んで、ゆっくりと身体を起こした。

ふたりの窓の外

2024年11月29日　初版

著者　深沢《ふかざわ》 仁《じん》
発行者　渋谷健太郎
発行所　株式会社東京創元社
〒162-0814 東京都新宿区新小川町1-5
電話 (03)3268-8231(代)
URL https://www.tsogen.co.jp

写真　奥出航介
装丁　アルビレオ
組版　キャップス
印刷　萩原印刷
製本　加藤製本

乱丁・落丁本は、ご面倒ですが小社までご送付ください。
送料小社負担にてお取替えいたします。

ISBN978-4-488-02916-6

SELECTION

Kevin Brockmeier

THE GHOST VARIATIONS

One Hundred Stories

いろいろな幽霊

ケヴィン・ブロックマイヤー

市田 泉 訳 【海外文学セレクション】四六判上製

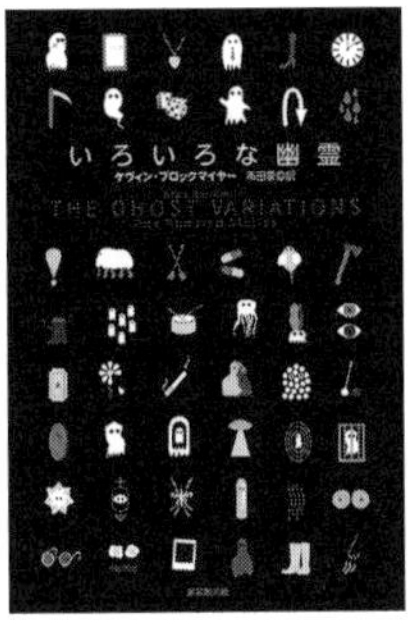

いつか幽霊になるあなたのための
ふしぎな物語を集めた短編集。

失恋した瞬間を繰り返す幽霊、方向音痴の幽霊、雨となって降り注ぐ幽霊……カルヴィーノ賞作家が贈る、時に切なく、時におかしく、時にちょっぴり怖い幽霊たちの物語が100編。

嘘の木
THE LIE TREE
フランシス・
ハーディング
児玉敦子・訳

英国SF協会賞YA部門受賞

呪いを解く者

UNRAVELLER

フランシス・ハーディング　**児玉敦子 訳**

Frances Hardinge

四六判上製

〈原野《ワイルズ》〉と呼ばれる沼の森を抱える国ラディスでは、〈小さな仲間〉という生き物がもたらす呪いが人々に大きな影響を与えていた。15歳の少年ケレンは、呪いの糸をほどいて取り除くほどき屋だ。ケレンの相棒は同じく15歳のネトル。彼女はまま母に呪いをかけられ鳥にかえられていたが、ケレンに助けられて以来彼を手伝っている。二人は呪いに悩む人々の依頼を解決し、さまざまな謎を解き明かしながら、〈原野〉に分け入り旅をするが……。英国SF協会賞YA部門受賞。『嘘の木』の著者が唯一無二の世界を描く傑作ファンタジイ。